38
59
92

Jochen Till

Luzifer junior
Ein höllischer Tausch

Alle Bände von Luzifer junior:

Band 1: Zu gut für die Hölle
Band 2: Ein teuflisch gutes Team
Band 3: Einmal Hölle und zurück
Band 4: Der Teufel ist los
Band 5: Ein höllischer Tausch
Band 6: Schule ist die Hölle
Band 7: Fiese schöne Welt
Band 8: Ein Geschenk der Hölle
Band 9: Ein Dämon im Klassenzimmer
Band 10: Die verrückte Zeitmaschine
Band 11: Campingtrip nach Hölland
Band 12: Zombie-Alarm
Band 13: Ein Direktor dreht durch
Band 14: Schurkenjagd und Schlotzolade
Band 15: Klassenfahrt ins Geisterschloss
Band 16: Alarmstufe: Aaron!

Jochen Till

LUZIFER junior

Ein höllischer Tausch

Mit Illustrationen von Raimund Frey

Band 5

Loewe

FSC
www.fsc.org
MIX
Papier | Fördert gute Waldnutzung
FSC® C014496

ISBN 978-3-7432-0279-5
3. Auflage 2024

Dieses Werk wurde vermittelt durch die Agentur Brauer
Umschlag- und Innenillustrationen: Raimund Frey
Umschlaggestaltung: Michael Dietrich
Druck und Bindung:
GGP Media GmbH, Karl-Marx-Straße 24, D-07381 Pößneck

www.luzifer-junior.de
www.loewe-verlag.de

Inhalt

»VERFLUCHT NOCH MAL! DAS IST DOCH NICHT ZU FASSEN! DA IST MAN MAL FÜR EIN PAAR TAGE WEG UND SCHON BRICHT DAS TOTALE CHAOS AUS! STEVEN? STEVEN!«

Kalte Füße

»Ja, Chef? Alles in Ordnung, Chef?«

»ALLERDINGS IST ALLES IN ORDNUNG! DAS IST JA DAS PROBLEM! GUCK DICH DOCH MAL UM! HIER IST ALLES AUFGERÄUMT! UND SAUBER! WER MACHT DENN SO WAS? WARST DU DAS?«

»Nein, Chef. Das war Azrael. Er hat hier gewohnt, während er Chef war. Und Azrael war sehr …«

»HINTERHÄLTIG? DURCHGEKNALLT? GRÖSSENWAHNSINNIG?«

»Ja, das auch. Aber ich wollte eigentlich ordnungsliebend sagen.«

»Stimmt. Das war er schon als Kind, dieser widerwärtige Mistkerl. Er hat als Einziger freiwillig sein Zimmer aufgeräumt. Und wenn es mittags Erbsen gab, hat er sie erst ordentlich auf seinem Teller aufgereiht und gezählt, bevor er sie einzeln gegessen hat. Bei Azrael war schon immer eine Schraube locker. Aber das gibt ihm noch lang nicht das Recht, MEIN ZIMMER MIT

SEINER SCHRECKLICHEN ORDENTLICHKEIT ZU VERWÜSTEN! ICH FINDE ÜBERHAUPT NICHTS MEHR! DAS IST EINE KATASTROPHE!«

»Kann ich helfen, Chef? Was suchen Sie denn?«

»MEINE SOCKEN! ICH KANN MEINE SOCKEN NICHT FINDEN! DIE EINE LAG IMMER UNTER DEM BETT UND DIE ANDERE HING OBEN AM SPIEGEL, WO SIE HINGEHÖRT! JETZT LIEGT GAR NICHTS MEHR UNTER DEM BETT! NOCH NICHT MAL STAUB! GAR NICHTS, STEVEN! DAS GEHT SO NICHT!«

»Haben Sie schon in der Sockenschublade in der Kommode nachgesehen?«

»Es gibt eine Sockenschublade?«

»Ja, es ist die untere. Ich soll Ihnen übrigens von der gesamten Belegschaft sagen, dass wir sehr froh sind, dass Sie wieder da sind. Azrael war kein geeigneter Chef. Niemand macht diesen Job so gut wie Sie.«

»Hör auf zu schleimen. Du weißt, was mit Schleimern hier unten passiert. Sie landen in Abteilung 82 und müssen in Dämonenhintern nach einem Stück Konfetti suchen.«

»Das war nicht geschleimt, das war nur die Wahrheit. Sie sind einfach der Beste, Chef.«

»Bin ich offenbar nicht. Ich finde ja noch nicht mal meine So… Ah, da sind sie ja! Blöde Schublade, blöde. Die kommt weg, verstanden?«

»Jawohl, Chef, wird gleich erledigt. Wofür brauchen Sie eigentlich die Socken? Ich habe Sie noch nie in Socken gesehen. Ich trage auch nie Socken. Ich meine, wir sind hier schließlich in der Hölle, da hat man keine kalten Füße.«

»Ja, normalerweise benutze ich sie auch nur, um den Schwefelstaub aus den Ohren zu wischen. Aber jetzt habe ich tatsächlich kalte Füße. Findest du es nicht auch irgendwie ungewöhnlich kühl?«

»Nein, ich empfinde die Temperatur gerade als sehr angenehm.«

»Du hast nicht etwa in meiner Abwesenheit irgendwelchen neumodischen Kram hier unten installiert? Eine Klima-Anlage oder so was Ähnliches?«

»Nein, das würde ich nie wagen, Chef.«

»Hm, seltsam. Ich habe ständig das Gefühl, es zieht von irgendwoher. Aber das kriege ich schon noch raus.«

»Ganz bestimmt, Chef. Ach ja, das hätte ich fast vergessen: Herzlichen Glückwunsch, Chef!«

»Wofür? Dafür, dass ich meine Socken alleine anziehen kann?«

»Nein, zum zweiten Kind. Sie haben ja jetzt eine Tochter. Ein sehr cleveres Mädchen, diese Lilly, finde ich. Ich durfte sie kennenlernen, als sie mit Luzie hier unten war.«

»Natürlich ist sie clever, sie ist meine Tochter. Ich hoffe nur, dass sie auch genug Boshaftigkeit von mir geerbt hat. Das hat bei Luzie ja nicht so gut geklappt.«

»Ich drücke fest die Daumen, dass sie richtig schön böse wird.«

»Wer weiß! Vielleicht hast du dann irgendwann eine Frau als Chefin, wenn ich in Rente gehe!«

»Nichts dagegen. Ich war schon immer ein großer Befürworter von Frauen in Führungspositionen. Sie haben oft ein besseres Gespür für die Belegschaft.«

»Was soll das heißen? Dass ich kein Gespür für die Belegschaft habe?«

»Äh … Nein, das wollte ich damit nicht sagen, Chef. Ich … Ich meinte nur, dass …«

»Was meintest du? Dass dir eine Frau als Teufel lieber wäre als ich? Was passt dir denn an mir nicht?«

»Alles! Nein, falsch, ich meinte … Gar nichts passt mir an Ihnen, Chef! Nicht! Gar nichts passt mir nicht! Weil mir nämlich alles an Ihnen passt! Sie sind …«

»RAUS HIER! SONST HINTERLÄSST MEIN GESPÜR FÜR DIE BELEGSCHAFT GLEICH EINEN TIEFEN ABDRUCK AN DEINEM HINTERN! UND NIMM DIESE VERDAMMTE SOCKENSCHUBLADE MIT!«

»Ja, Chef! Sofort, Chef! Die Schockensublade! Nehm ich mit! Nichts für ungut, Chef! Bin schon weg, Chef!«

Dusselige Nudel

»Ich mag dieses Geräusch«, sagt Aaron. »Das knirscht so schön unter den Schuhen. Schuhen.«

»Mir ist kalt«, sagt Gustav. »Können wir wieder zurückgehen?«

»Nein! Nicht zurück!«, beschwert sich Cornibus, der als Waschbär vor uns herläuft. »Cornibus will Zannentapfen! Zannentapfen lecker!«

»Tannenzapfen«, verbessere ich ihn. »Das heißt Tannenzapfen. Ich kann es immer noch nicht fassen. Das ist alles wirklich nur gefrorenes Wasser?«

Als ich heute Morgen vor der Schule aus dem Fenster geguckt habe, war plötzlich alles weiß draußen. Der Boden, die Bäume, die Dächer, alles weiß. Ich dachte erst, da wäre etwas schiefgelaufen. Dass irgendjemand die Welt über Nacht zu stark geschrubbt und dabei alle Farben rausgewaschen hätte. Hätte ja sein können. Bei uns unten hat mein Vater bei der Eröffnung von Abteilung 38 mit einem Fingerschnippen einen kompletten Kohlestollen sowie alle Insassen weiß werden lassen.

Da sitzen jetzt die Notorischen Wandbeschmierer und heulen den ganzen Tag, weil sie nur Stifte haben, die weiß schreiben. Aber mein Vater hatte nichts mit dem ganzen Weiß hier oben zu tun, das hat wohl natürliche Ursachen.

»Schnee«, sagt Gustav bibbernd. »Das nennt sich Schnee. Kalter, nasser, blöder Schnee. Ich hasse Schnee. Wären wir bloß in der Bretagne geblieben. Da schneit es so gut wie nie.«

Ja, ich wäre auch gern noch länger in der Bretagne geblieben, aber nicht, weil es dort nicht schneit. Es war einfach schön da. Das Meer, das Haus, die Stimmung, irgendwie alles. Wir sind noch bis kurz vor Silvester dortgeblieben, mit meinem Vater und Lillys Onkel – der ja nun auch mein Onkel ist. Weil Lilly meine Schwester ist. Daran habe ich mich immer noch nicht so richtig gewöhnt. Irgendwas ist jetzt auch anders zwischen uns. Nicht unbedingt schlechter, aber anders. Ich weiß nicht, wie man mit einer Schwester umgeht, ich hatte noch nie eine. Na ja, irgendwie kriegen wir das schon hin, immerhin waren wir ja vorher schon beste Freunde und daran wird sich auch nichts ändern, das haben wir uns in der Bretagne geschworen. Bis jetzt funktioniert das auch bestens, allerdings haben wir uns noch nicht oft gesehen, seit wir zurück sind. Die Schule hat wieder begonnen und bald gibt es irgendwas, das Zeugnis heißt und irgendwie wichtig ist, keine Ahnung. Jedenfalls ist Lilly ständig am Lernen und hat kaum Zeit für uns. Heute Morgen habe ich sie aber kurz gesehen, als ich vor dem Unterricht schnell noch auf den Hof gegangen bin, um mir dieses weiße Zeug näher anzugucken. Beim ersten Schritt nach draußen hab ich mich gleich hingelegt, dieser Schnee ist ganz schön glatt. Und nass. Das habe ich festgestellt, als ich ihn plötzlich mitten im Gesicht hatte – Lilly hat Kugeln daraus geformt und mich damit beworfen. Das habe ich auch gemacht und dann kamen noch ein paar Jungs nach draußen und es gab eine lustige Schneekugelschlacht, bis Direktor Hasenfuß uns alle reingescheucht hat. Dieses Schnee-Zeug ist wirklich cool, damit kann man echt witzige Sachen machen. Schade, dass es das in der Hölle nicht gibt. Aaron hat mir erklärt, dass Schnee nichts anderes als gefrorenes Wasser ist, und in der Hölle friert leider gar nichts.

»Wieso latschen wir eigentlich durch den Wald?«, fragt Gustav brummend.

»Weil Cornibus noch nie Schnee gesehen hat und sowieso ein bisschen Auslauf braucht«, sage ich. »Und weil Aaron uns irgendwas Wichtiges erzählen wollte.«

»Ja«, bestätigt Aaron. »Meine Eltern haben gestern Abend angerufen. Der Abschlussbericht aus dem Krankenhaus ist gekommen. Gekommen.«

»Oje, hoffentlich nichts Schlimmes«, sagt Gustav. »Auribus hat doch erzählt, dass es ein paar Schwierigkeiten gab, als er für dich im Krankenhaus war.«

Auribus ist ein Spion-Dämon, der sich in alles Mögliche verwandeln kann. Er hat sich in Aaron verwandelt, damit er mit uns nach Frankreich fahren konnte. Aarons Eltern glauben, dass mit Aarons Gehirn etwas nicht stimmt, weil er alle möglichen Ticks hat. Deshalb muss er in den Ferien immer ins Krankenhaus, totaler Blödsinn. Mit Aarons Gehirn ist alles in Ordnung, es funktioniert sogar besser als die meisten anderen, würde ich sagen.

»Stimmt«, sage ich. »Hat er nicht Gemüse anstatt Gehirn in deinen, äh, seinen Kopf gemorpht?«

»Zuerst hat er das Gehirn komplett vergessen«, sagt Aaron. »Und dann sah es aus wie Broccoli. Aber offenbar hat er es danach sehr gut hingekriegt, ich muss nämlich nicht mehr ins Krankenhaus. Im Abschlussbericht steht, dass mein Gehirn perfekt ist und keinerlei Schäden zu erkennen sind. Und das bedeutet, dass ich in Zukunft meine Ferien nicht mehr in Kliniken verbringen muss. Verbringen muss.«

»Oh, das ist ja super!«, sage ich und drücke Aaron fest an mich. »Das sind echt tolle Nachrichten!«

»Ja, herzlichen Glückwunsch«, stimmt Gustav mir zu. »Freut mich sehr für dich.«

»Cornibus auch schmerzlichen Glückpunsch!«

Cornibus verwandelt sich in ein Eichhörnchen und springt auf Aarons Kopf.

»Feiern mit Schlotzolade?«

»Natürlich«, sagt Aaron lachend und zieht eine Tafel Schokolade aus seiner Jackentasche. »Ich habe extra welche für dich mitgebracht. Mitgebracht.«

Er bricht einen Riegel ab und gibt ihn Cornibus.

»Ahorn der Beste!«, sagt Cornibus erfreut.

Im nächsten Moment verwandelt er sich in eine weiße Eule und fliegt mit der Schokolade im Schnabel auf einen Ast.

»Können wir dann jetzt bitte wieder zurückgehen? Ich erfriere!«, sagt Gustav.

»Ach, so kalt ist es doch gar nicht«, stelle ich fest.

»Du hast gut reden«, brummt Gustav. »Du hast ja auch Höllen-Thermo-Klamotten an, in denen man nicht friert.«

Das stimmt natürlich. Wobei mir im Gesicht und an den Händen schon auch ein bisschen kalt ist. Aber das ist irgendwie schön, weil es zu dem ganzen Schnee passt.

»Wir können ja da vorne rechts abbiegen, dann kommen wir über den Sportplatz zurück zur Schule. Schule«, schlägt Aaron vor.

»Okay«, seufzt Gustav. »Aber bitte schnell, bevor mir irgendwas abfriert.«

Wir laufen weiter. Cornibus verwandelt sich in einen Fuchs und tollt durch den Schnee, es macht sehr viel Spaß, ihm dabei zuzusehen.

Zehn Minuten später erreichen wir den Sportplatz. Als wir den Weg zur Schule betreten, sehen wir Lilly ein Stück weiter unten. Sie kommt wohl gerade aus ihrer Schule. Wir winken ihr zu, aber sie winkt nicht zurück.

»Was hat sie denn?«, fragt Gustav.

»Keine Ahnung«, sage ich. »Sie sieht irgendwie schlecht gelaunt aus.«

Wir warten auf sie.

»Hallo, Schwesterherz!«, begrüße ich sie fröhlich, als sie bei uns angekommen ist. »Es hat geschneit! Ist das nicht toll?«

»Ja, supertoll«, brummt sie und läuft einfach weiter, ohne anzuhalten.

Wir laufen ihr hinterher.

»Das ist mein erster Schnee!«, sage ich. »Cornibus ist auch ganz aus dem Häuschen!«

»Schön für euch«, brummt Lilly und läuft weiter.

»Was ist denn los?«, will ich wissen. »Geht's dir nicht gut?«

»Geht schon«, antwortet sie.

»Können wir dir irgendwie helfen? Helfen?«, hakt Aaron nach.

»Nein, danke.«

»Vielleicht hasst sie ja auch den Schnee?«, mutmaßt Gustav. »Da kann man schon mal schlechte Laune kriegen, so wie ich.«

»Ich hasse nicht den Schnee«, knurrt Lilly. »Ich hasse nur Chiara, diese doofe Kuh.«

»Du hast Probleme mit einer nicht intelligenten Kuh namens Chiara?«, wundere ich mich. »Was hat sie dir denn getan? Dich blöd von der Seite angemuht?«

Lilly bleibt stehen.

»Vielleicht kann Cornibus sich ja in einen Stier verwandeln und mal ein Wörtchen mit dieser Chiara reden«, schlage ich vor. »Dann lässt sie dich bestimmt in Ruhe.«

Lilly prustet lauthals lachend los, Aaron und Gustav auch.

»Was denn?«, frage ich verwundert. »Ihr wisst doch, dass Cornibus das kann. Was auch immer diese Kuh gemacht hat, er wird das schon regeln.«

»Chiara ist nicht wirklich eine Kuh«, sagt Lilly lachend. »Das sagt man doch nur so als Schimpfwort. Chiara ist ein Mädchen aus meiner Parallelklasse.«

»Ach so. Sag das doch gleich. Kann ich doch nicht ahnen, dass ihr hier oben harmlose Tiernamen als Schimpfwörter missbraucht.«

Aber echt jetzt. *Kuh* als Schimpfwort, das ist total ungerecht, Kühe sind sehr liebenswürdig, finde ich. Ich stelle immer wieder fest, dass ich noch viel zu wenig über die Gebräuche hier oben weiß.

»Aber wenigstens hast du jetzt bessere Laune«, sage ich zu Lilly.

»Nicht wirklich«, brummt Lilly. »Die nervt echt, diese doofe Kuh. Sie verbreitet überall Lügen über mich. Heute hat sie behauptet, ich hätte ihre Tasche geklaut und in die Mülltonne geworfen, was überhaupt nicht stimmt! Ich habe ihre blöde Tasche nie angefasst!«

»Hm, seltsam«, sage ich. »Wieso sagt sie denn so was, wenn es gar nicht stimmt?«

»Was weiß ich!«, zetert Lilly. »Sie war immer ziemlich unbeliebt und jetzt versucht sie, sich krampfhaft beliebt zu machen, indem sie andere schlechtmacht. Wieso sie sich dafür ausgerechnet mich ausgesucht hat, weiß ich nicht. Aber es nervt!«

»Kapier ich nicht«, sage ich. »Was hat sie denn davon? Wieso wird sie beliebter, wenn sie jemand anderen schlechtmacht?«

»Das musst du nicht verstehen«, sagt Gustav. »Das ist so ein Mädchending.«

»Was ist denn das für ein Schwachsinn?«, pflaumt Lilly Gustav an. »Das hat doch mit Mädchen nichts zu tun, das machen Jungs ganz genauso. Bei euch geht es ständig darum, wer der Beliebteste oder der Stärkste oder der Schnellste ist. Und überhaupt, was weißt du denn schon von Mädchen? Du bist auf einem Jungsinternat.«

»Ja, stimmt, sorry«, sagt Gustav. »Ich weiß tatsächlich nicht viel über Mädchen. Ich hab nur auch schlechte Laune. Mir ist nämlich kalt und ich will endlich wieder rein ins Warme. Trotzdem sind Mädchen irgendwie anders als Jungs.«

Sind sie das? Ich weiß überhaupt nichts über Mädchen. Das einzige Mädchen, das ich kenne, ist Lilly. Dass sie irgendwie anders ist als die Jungs, habe ich zwar auch schon festgestellt, aber das liegt daran, dass sie meine Schwester und wie ich zum Teil ein Dämon ist. Zumindest dachte ich das.

»Wie sind denn Mädchen anders?«, frage ich.

»Das beginnt mit dem Körperbau«, sagt Aaron. »Jungs sind im Allgemeinen kräftiger als Mädchen, weil der männliche Körper die Nahrung eher in Muskeln umwandelt. Und stärkere Knochen haben Jungs auch. Im Gehirn konnten noch keine signifikanten Unterschiede wissenschaftlich belegt werden, aber Mädchen ticken irgendwie anders als Jungs, das habe ich auch schon festgestellt. Festgestellt.«

»Ach ja?«, erwidert Lilly brummend. »Erzähl *du* mir nichts von anders *ticken*, da bist du ja wohl der Experte. Mädchen können alles, was Jungs können, *das* steht ja wohl fest. Aber darum geht es doch überhaupt nicht. Es geht darum, dass Chiara eine hinterhältige Schlange ist und mir tierisch auf die Nerven geht.«

»Was denn nun?«, frage ich verwirrt. »Ist sie eine Kuh oder eine Schlange? Wieso nehmt ihr eigentlich Tiernamen als Schimpfworte? Die Tiere tun doch keinem was.«

»Keine Ahnung«, brummt Lilly. »Ist doch egal, ist eben so. Sie ist eine doofe Kuh und eine hinterhältige Schlange und eine miese Ratte und eine widerliche Kakerlake und am liebsten würde ich sie in eine verwandeln und platt treten. Kann ich das? Ich bin die Tochter des Teufels, ich sollte so was können. Wie geht das? Kannst du's mir zeigen?«

»Nein«, antworte ich. »Und selbst wenn ich

wüsste, wie es geht, würde ich es dir nicht zeigen. Du kannst doch nicht einfach rumlaufen und jeden platt treten, der dir nicht passt.«

»Ich weiß«, seufzt Lilly. »Es war nur gerade so ein schöner Gedanke.«

»Sie kommt definitiv nach ihrem Vater«, stellt Gustav fest.

»Was willst du damit sagen?«, fragt Lilly. »Dass ich böse bin?«

»Na ja, irgendwie schon«, antwortet Gustav. »Wenn man jemanden in eine Kakerlake verwandeln und zertreten will, ist das schon böse.«

»Aber das war doch nur so dahingesagt«, verteidigt sich Lilly. »Warst du noch nie sauer und hast jemandem etwas Böses gewünscht?«

»Doch, klar. Ich wünsche mir regelmäßig, dass Miss Wentworth explodiert.«

»Oh ja, das wünsche ich mir auch regelmäßig«, stimme ich Gustav zu.

Miss Wentworth ist unsere Englischlehrerin. Sie lässt uns jeden Tag einen Vokabeltest schreiben, hat aber noch nie erklärt, was eine Vokabel eigentlich ist. Vielleicht heißen ja Kugelschreiber auf Englisch so, das würde dann wenigstens Sinn ergeben, wenn wir sie jeden Tag testen müssen. Aber egal, jedenfalls nervt das.

»Im Gegensatz zu euch habe ich aber keine teuflischen Kräfte, die so etwas möglich machen könnten«, fährt Gustav fort. »Von daher ist es bei mir nur eine harmlose Rachefantasie, *ihr* könntet so was aber tatsächlich *machen.*«

Stimmt, rein theoretisch könnte ich Miss Wentworth wahrscheinlich explodieren lassen. Papa kann das, und er macht es regelmäßig mit den Skrupellosen Modemachern in Abteilung 59. Die landen bei uns, weil sie nur Klamotten entwerfen, für die man magersüchtig sein muss, um reinzupassen. Dafür müssen sie dann in Stöckelschuhen mit ein Meter hohen Absätzen über einen Laufsteg spazieren, wobei sie mit jedem Schritt dicker werden, bis die Klamotten reißen und sie schließlich explodieren. Papa sitzt immer in der ersten Reihe und lacht sich

kaputt. Wie genau er das mit dem Explodieren macht, weiß ich allerdings nicht. Muss ich aber auch nicht wissen – ich habe schließlich nicht vor, jemanden explodieren zu lassen.

»Nur weil man etwas kann, muss man es ja nicht gleich machen«, sage ich. »Und ich bin mir sicher, dass Lilly diese Chiara auch nicht wirklich in eine Kakerlake verwandeln und zertreten würde, oder?«

»Nein, natürlich nicht«, sagt Lilly. »Aber davon träumen wird man ja wohl noch dürfen.«

»Hast du denn schon mal versucht, mit ihr zu reden?«, fragt Aaron. »Frag sie doch einfach mal, wieso sie das macht. Vielleicht hat sie ja einen Grund. Grund.«

»Vergiss es, mit der kann man nicht reden«, erwidert Lilly. »Ich hab's versucht, aber da hat sie mich nur ausgelacht und überall rumerzählt, ich hätte sie angebettelt, damit sie meine beste Freundin wird. Als ob ich das nötig hätte. Dämliche Ziege, blöde.«

»Jetzt lass doch mal die armen Tiere aus dem Spiel«, sage ich. »Gibt es keine anderen Schimpfworte?«

»Dumme Nuss«, sagt Gustav.

»Dusselige Nudel. Nudel«, sagt Aaron.

»Ja, Nahrungsmittel sind doch viel besser«, stelle ich grinsend fest.

»Miese Matschbirne«, fügt Lilly hinzu. »Hey, das macht Spaß! Wer hat noch eins?«

»Blöde Trulla«, sagt Aaron. »So bezeichnet meine Oma manchmal ihre Nachbarin. Nachbarin.«

»Dumpfbacke«, sagt Gustav.

»Runzeliger Ellenbogen«, sage ich, um auch etwas beizusteuern.

Die anderen sehen mich skeptisch an.

»Was denn? Bei uns unten ist das ein Schimpfwort«, sage ich. »Du runzeliger Ellenbogen. Gibt's das hier oben nicht?«

»Äh … nein«, sagt Lilly. »Und das ergibt auch überhaupt keinen Sinn. Jeder Ellenbogen ist doch runzelig, wenn man den Arm ausstreckt.«

»Nicht die von unseren Kugeldämonen«, erwidere ich. »Die können ihre Arme nämlich nicht ausstrecken, weil sie gar keine haben.«

»Eiszapfen am Hintern!«, platzt Gustav heraus.

»Das ist aber auch nicht gerade lustig«, stelle ich fest.

»Soll es auch gar nicht sein!«, jammert Gustav. »Das ist das, was ich gleich habe, wenn wir nicht langsam wieder reingehen.«

»Oh, stimmt ja, dir ist kalt«, sage ich. »Dann lasst uns doch reingehen, ihr runzeligen Ellenbogen.«

»Immer noch nicht lustig«, frotzelt Lilly, während wir in Richtung Schule loslaufen.

»Selber nicht lustig«, frotzele ich zurück.

»Affenkopf.«

»Keine Tiere, Puddingnase.«

»Auch nicht lustig.«

»Nasenpudding?«

»Dafür, dass du aus der Hölle kommst, sind deine Schimpfwörter echt eine Katastrophe.«

Nichts Gutes

»Ab heute werden wir uns mit einem neuen Thema beschäftigen«, sagt der Holzapfel. »In den nächsten Wochen wird sich hier alles um Winkel drehen.«

Na super. Schon wieder ein neues Thema. Ich habe das letzte schon nicht kapiert. Da ging es um zerbrochene Zahlen oder so. Mathematik ist echt die Pest, wofür braucht man das eigentlich?

»Wir werden lernen, welche unterschiedlichen Winkel es gibt und wie man sie berechnet«, fährt der Holzapfel fort. »Vielleicht kann mir jemand zum Einstieg sagen, was ein Winkel überhaupt ist? Kennt ihr Winkel aus dem alltäglichen Leben? Wo kommen Winkel vor?«

Benno meldet sich.

»Beim Fußball!«, sagt er. »Wenn der Stürmer den Ball in den Winkel hämmert! So wie ich gestern!«

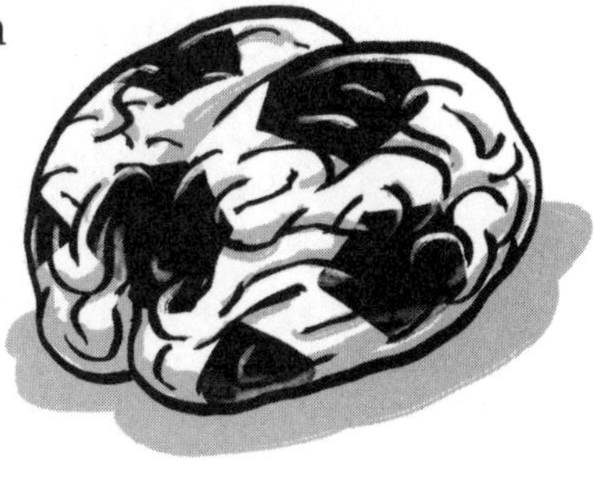

War ja klar. Benno hat nämlich außer Fußball nicht viel im Kopf. Ich würde sogar wetten, dass sein

Gehirn einem Fußball nicht unähnlich ist, inklusive des Hohlraums.

»Sehr gut, das ist richtig, Benno«, lobt ihn der Holzapfel. »In einem Fußballtor gibt es Winkel. Wo noch? Ja, Aaron?«

»Die Uhrzeiger einer analogen Uhr stehen je nach Uhrzeit in unterschiedlichen Winkeln zueinander. Zueinander.«

»Stimmt genau, Uhrzeiger bilden Winkel«, sagt der Holzapfel. »Und die sind unterschiedlich groß.«

Er zeichnet ein paar Striche an die Tafel.

»Den Anfangspunkt nennt man auch Scheitelpunkt oder einfach nur S«, erklärt der Holzapfel. »Die beiden davon ausgehenden Linien nennt man Schenkel. Ist so weit alles klar oder hat jemand eine Frage?«

Ich melde mich.

»Oh, Vitus? Du meldest dich freiwillig? Dass ich das noch erleben darf!«

Daran werde ich mich wohl nie richtig gewöhnen. Ich bin ja jetzt schon eine Weile hier, aber mein Tarnname Vitus von Turbsnatas klingt immer noch seltsam in meinen Ohren.

»Also, du hast eine Frage, Vitus?«, hakt der Holzapfel nach.

»Ja. Wer hat den ganzen schönen Schnee draußen geklaut?«, frage ich.

Ich dachte, ich sehe nicht richtig heute Morgen. Als ich aus dem Fenster geguckt habe, waren von der ganzen weißen Pracht nur noch ein paar Flecken übrig. Irgendjemand muss den Schnee über Nacht woanders hingebracht haben. Aber warum? Und wohin?

Das wollte ich Aaron schon fragen, aber er kommt immer genau zum Beginn des Unterrichts, da blieb keine Zeit, um vorher mit ihm zu reden.

Alle um mich herum fangen an zu lachen. Was denn? Das ist doch wohl eine berechtigte Frage.

»Ein Winkel war es jedenfalls nicht«, sagt der Holzapfel schmunzelnd. »Der Schnee ist geschmolzen, Vitus. So wie meine Hoffnung darauf, jemals einen konstruktiven Beitrag zum Unterricht von dir zu hören.«

»Geschmolzen?«, wundere ich mich.

»Ja, Vitus«, seufzt der Holzapfel. »Wenn die Temperaturen über den Gefrierpunkt steigen, so wie heute Nacht, wird es wärmer und der Schnee schmilzt.«

»So schnell? So viel?«, hake ich nach.

»Ja, auch wenn es ungewöhnlich ist, das kann schon mal vorkommen, selbst im Januar.«

Ein ungewöhnlicher Temperaturanstieg? Oje, hoffentlich ist unten alles in Ordnung. Ab und zu hat die Hölle ein Leck. Dann brechen hier oben Vulkane aus

und das Geschrei ist groß, das mag der CEO nämlich gar nicht. Wieso nenne ich ihn eigentlich immer noch CEO? Er ist mein Opa, aber das weiß ich noch nicht so lange. Und persönlich getroffen habe ich ihn auch noch nie. Wahrscheinlich sage ich deshalb CEO. Das steht für chronisch einzigartiger Oberchef und fühlt sich irgendwie passender an als Opa.

»Vielleicht ist es bei euch zu Hause kälter und der Schnee bleibt länger liegen«, sagt der Holzapfel. »Wobei ich mich manchmal frage, ob du wirklich aus Ungarn kommst oder von einem anderen Planeten. Ich habe bei der letzten Konferenz erfahren, dass du ja nicht nur bei mir in Mathe und Geschichte auf einer Fünf stehst, sondern in fast allen anderen Fächern auch. Dass ein Schüler in deinem Alter so wenig weiß, habe ich noch nicht erlebt.«

»Das stimmt doch gar nicht«, sage ich. »Ich weiß sehr viel. Mehr als die meisten anderen hier sogar.«

Stimmt doch. Außer Aaron und Gustav weiß niemand aus meiner Klasse etwas über die Hölle.

»Ach ja?«, erwidert der Holzapfel. »Dann weißt du hoffentlich auch, dass du im Sommer nicht versetzt wirst, wenn du so weitermachst.«

»Dann ist's ja gut«, sage ich erfreut grinsend.

»Gut?«, wiederholt der Holzapfel verwundert. »Heißt das, du willst nicht versetzt werden?«

»Auf gar keinen Fall«, antworte ich. »Einer meiner Onkel wurde mal versetzt, in die Arktis. Da ist er verrückt geworden und dann hat er versucht, mich umzubringen. Danach hat ihn mein Opa zur Strafe in die Wüste versetzt. Versetzt zu werden, ist also offenbar nichts Gutes.«

»Oh … Äh … Das ist …«, stammelt der Holzapfel. »In eurer Familie geht es offenbar drunter und drüber. Tut mir leid, dass du so etwas Schreckliches erleben musstest. Aber das erklärt wahrscheinlich auch, wieso dein Vater dich außer Landes gebracht und hier auf die Schule geschickt hat. Das mit dem Versetzen hast du aber falsch verstanden. Es geht nicht darum, dass du an einen anderen Ort versetzt werden sollst, sondern nur in die nächste Klasse.«

»Ich würde aber gern in *dieser* Klasse bleiben«, erwidere ich. »Hier kenne ich schon alle und meine besten Freunde sind auch hier.«

»Ja, aber darum geht es doch. Wenn du in dieser Klasse bleiben willst, musst du versetzt werden, weil alle anderen versetzt werden.«

»Oje, wieso denn? Was haben sie angestellt? Haben sie auch versucht, jemanden umzubringen?«

Der Holzapfel greift sich an die Stirn und schüttelt den Kopf.

»Werde Lehrer, haben sie gesagt«, murmelt er leise vor sich hin. »Das ist ein entspannter und erfüllender Job, haben sie gesagt. Da bringst du Kinderaugen zum Leuchten, haben sie gesagt. Dass hinter diesen Augen tiefste Dunkelheit herrschen kann, das haben sie natürlich nicht gesagt. Ich muss unbedingt …«

»Alles in Ordnung, Herr Holzapfel?«, fragt Benno. »Sie sehen aus, als hätten Sie gerade einen Elfmeter verschossen.«

»Was? Äh … nein, alles in Ordnung«, sagt der Holzapfel und sammelt sich wieder. »Vitus, am besten lässt du dir das mit dem Versetzen nachher in aller Ruhe von Aaron oder Gustav erklären. Und wir machen jetzt weiter mit Mathematik. Wo waren wir? Ach ja, die Winkel.«

Hm, das scheint ja echt kompliziert zu sein mit diesem Versetzen, wenn selbst der Holzapfel es noch nicht mal verständlich erklären kann. Wobei, ich verstehe ja sonst auch nichts, wenn er etwas erklärt. Vielleicht ist er auch einfach kein guter Lehrer?

Von dem, was er den Rest der Stunde erzählt, kapiere ich ebenfalls nichts, aber so wichtig wird das schon nicht sein. Wen interessiert denn bitte schön, wie groß so ein Winkel ist? In der Hölle gibt es unzählige dunkle Winkel, da hat noch nie jemand gefragt, wie groß die sind.

Als die Stunde zu Ende ist, schnappe ich mir gleich Aaron und Gustav.

»Wie ist das denn jetzt mit diesem komischen Versetzen?«, frage ich auf dem Weg in den Hof. »Muss ich mir da Sorgen machen?«

»Oh ja, das musst du«, antwortet Aaron. »Es sei denn, du willst für immer in der 6. Klasse bleiben. Bleiben.«

»Wieso? Was spricht denn dagegen?«, will ich wissen. »Die 6. Klasse gefällt mir ziemlich gut. Da kenne ich mich mittlerweile ganz gut aus. Und ihr seid auch in der 6. Klasse.«

»Aber nicht mehr lang«, sagt Gustav. »Im Sommer kommen wir alle in die 7. Klasse. Nur du nicht, wenn du so weitermachst.«

»Aber ich mache doch gar nichts«, stelle ich fest.

»Genau das ist das Problem«, sagt Aaron. »Du musst mehr machen. Du musst lernen, damit du bessere Noten kriegst und mit uns zusammen in die 7. Klasse versetzt wirst. Versetzt wirst.«

»Lernen?«, sage ich angewidert. »Aber das ist so langweilig. Könnt ihr nicht einfach auch weniger machen und wir bleiben zusammen in der 6. Klasse?«

»So funktioniert das nicht«, sagt Gustav lachend. »Wenn man immer in der 6. Klasse bleibt, wird man ja nie fertig mit der Schule. Und das ist das Ziel. Du kannst ja nicht für den Rest deines Lebens zur Schule gehen. Es sei denn, du wirst Lehrer. Aber um Lehrer zu werden, musst du ganz viel wissen und gut in der Schule sein.«

»Nein, danke«, sage ich. »Als Lehrer wäre ich sicher eine Katastrophe. Und katastrophale Lehrer landen bei uns in Abteilung 15 und müssen extrem ungeduldigen Einzeller-Dämonen das Alphabet rückwärts beibringen. Wenn Einzeller-Dämonen etwas nicht kapieren, bespucken sie einen mit Salzsäure, darauf kann ich gut verzichten.«

»Tja, dann bleibt dir wohl nichts anderes übrig, als fleißig zu lernen«, sagt Gustav.

»Wir helfen dir auch dabei«, fügt Aaron hinzu. »Am besten fangen wir gleich heute nach dem Mittagessen damit an. Oder hast du schon etwas anderes vor? Anderes vor?«

»Nein, leider nicht«, seufze ich.

»Sehr gut, dann kommen wir um zwei bei dir vorbei«, sagt Gustav. »Womit sollen wir anfangen? Mathe?«

»Ja, da hat er es am nötigsten. Nötigsten«, sagt Aaron.

Na super. Das wird dann wohl ein sehr mieser Tag. Zuerst verschwindet der schöne Schnee und dann muss ich auch noch lernen. Oh, da drüben ist ja noch ein kleiner weißer Haufen! Wenn der Tag schon so schlimm wird, will ich wenigstens jetzt noch ein bisschen Spaß haben.

Ich renne hin, forme eine Schneekugel und werfe sie in Richtung Aaron und Gustav. Mist, zu hoch. Doppelt

Mist! Direktor Hasenfuß steht plötzlich hinter den beiden! Dreifach Mist – die Schneekugel klatscht mitten in sein Gesicht!

Er wischt sich den Schnee aus den Augen und schaut sich um. Sein Blick fällt auf mich neben dem Schneehaufen.

»Herr von Turbsnatas!«, poltert er in meine Richtung. »Ich empfehle Ihnen dringend, die Hausordnung noch einmal zu lesen! Regel 17! Das Werfen von Schneebällen und anderen witterungsbedingten Objekten ist auf dem gesamten Schulgelände strengstens verboten! Küchendienst! Heute Abend!«

Na super. Jetzt muss ich heute nicht nur lernen, sondern auch noch spülen. Es gibt Tage, die sollte man am besten gleich morgens zur Hölle schicken.

Rattemadick

»Luzie mit Cornibus raus?«

»Nein, Cornibus, das geht heute leider nicht. Aaron und Gustav kommen gleich, um mit mir zu lernen.«

»Lernen doof. Cornibus raus! Schnee spielen!«

»Glaub mir, ich würde auch viel lieber mit dir draußen spielen, aber das Lernen ist wichtig. Ich kann Aaron und Gustav nicht versetzen, sonst werde ich nämlich nicht versetzt. Außerdem ist sowieso kein Schnee mehr da.«

»Schnee weg? Wer gefressen?«, knurrt Cornibus.

»Niemand«, antworte ich. »Er ist geschmolzen. Wegen zu hoher Temperaturen. Ich wusste auch nicht, dass das so schnell gehen kann. Und weil ich so was nicht weiß, muss ich ab jetzt ganz viel lernen. Es sei denn …«

Ich habe eine Idee. Vielleicht gibt es ja in meinem Handbuch für junge Dämonen irgendeinen Spruch, der mir das dämliche Lernen erspart. Irgendwas, womit ich plötzlich alles weiß oder so. Muss ja nicht immer sein, nur bei den Arbeiten oder wenn ein Lehrer mich was

fragt. Da gibt's doch bestimmt etwas.

Ich hole das Buch aus meiner Jacke und setze mich aufs Bett.

»Los, Buch!«, sage ich. »Zeig mir einen Spruch, mit dem ich nie wieder lernen muss!«

Nichts passiert. Seltsam. In letzter Zeit hat es sich immer von allein an der passenden Stelle aufgeschlagen. Aber gut, dann suche ich eben selbst. Was haben wir denn hier? Das Strampeln der spontanen Schwerelosigkeit. Nein, das ist nicht das, was ich brauche. Der Armverdreher der ausufernden Akne? Aha. Damit könnte ich dem Holzapfel Pickel ins Gesicht zaubern, aber das bringt mir ja auf Dauer nichts. Zwei Minuten vor dem Wecker aufwachen? Das ist gut für die Lebensdauer des Weckers, sonst aber für nichts. Was haben wir denn no…? Oh, unser geheimes Klopfzeichen an der Tür. Das müssen Aaron und Gustav sein.

»Kommt rein!«, rufe ich.

Ich klappe das Handbuch zu und lege es auf mein Nachttischschränkchen.

Aaron und Gustav kommen ins Zimmer. Cornibus verwandelt sich in ein kleines Känguru und hüpft in Aarons Arme.

»Ahorn! Ahorn mit Cornibus raus!«

»Was habe ich gerade gesagt, Cornibus?«, brumme ich. »Aaron ist hier, um mit mir zu lernen. Er geht nicht mit dir raus.«

»Tut mir leid, Cornibus«, sagt Aaron. »Wir müssen Luzie Mathematik beibringen. Beibringen.«

»Und das könnte länger dauern«, fügt Gustav grinsend hinzu.

»Rattemadick doof!«, meckert Cornibus.

»Das heißt Mathematik«, verbessere ich ihn. »Aber sonst hat alles gestimmt, was du gesagt hast.«

»Keine Sorge«, sagt Aaron. »Wenn du sie erst mal verstanden hast, ist die Mathematik gar nicht mehr so schlimm. Am besten, wir fangen gleich an. Gleich an.«

»Okay«, seufze ich und mache Platz auf dem Bett. »Setzt euch.«

»So nicht«, sagt Aaron. »Gelernt wird am besten in einer aufrechten Sitzposition. Damit meine ich den Schreibtisch. Schreibtisch.«

»Auch das noch«, grummele ich und wälze mich schwerfällig vom Bett. »Da muss man schon lernen und dann muss es auch noch ungemütlich sein. Ich glaube, ich habe noch nie am Schreibtisch gesessen.«

»Das erklärt einiges«, sagt Gustav grinsend.

Er zeigt auf das Handbuch auf dem Nachttischschränkchen.

»Lass mich raten«, sagt er. »Du hast nach einem Spruch gesucht, der dir die Lernerei erspart?«

»Natürlich«, sage ich grummelnd. »Habe aber keinen gefunden. Das Buch war auch nicht sehr hilfreich dabei, es hat mir keine Seite aufgeblättert. Vielleicht ist es kaputt.«

»Oder vielleicht weiß es einfach, dass es für richtiges Lernen keinen Ersatz gibt. Ersatz gibt«, sagt Aaron.

»Du klingst schon wie der Holzapfel«, brumme ich. »Willst du vielleicht mal Lehrer werden?«

»Nein, ich will technische Neuheiten erfinden, so wie Steven«, sagt Aaron. »Aber dafür muss ich sehr viel wissen und sehr viel lernen. Dagegen ist das, was du lernen musst, ein Klacks. Also los, an den Schreibtisch. Schreibtisch.«

Ich trotte lustlos an den Schreibtisch und setze mich.

»Aber wo wollt ihr denn sitzen?«, frage ich. »Ich habe nur einen Stuhl. Sollen wir nicht doch lieber auf dem Bett lernen?«

»Stimmt, keine Stühle, das ist ein Problem«, stellt Gustav fest.

»Kein Problem! Ahorn und Mustav auf Cornibus sitzen! Guck!«

Cornibus verwandelt sich in einen Grizzly und legt sich rücklings vor den Schreibtisch.

»Auf Bauch setzen!«, sagt er. »Aber nicht Kraulen vergessen!«

Aaron und Gustav nehmen auf Cornibus Platz.

»Oh, das ist gemütlich«, sagt Gustav lächelnd und krault dabei Cornibus' Bauch.

»Gut, dann fangen wir an«, sagt Aaron. »Ich denke, es ergibt keinen Sinn, alles aus dem ersten Halbjahr nachzuholen. Am besten, wir konzentrieren uns auf das aktuelle Thema, also Winkelberechnung. Hast du denn irgendetwas von dem verstanden, was der Holzapfel heute erklärt hat? Erklärt hat?«

Nein, dafür hätte ich ja zuhören müssen. Und Lehrern zuzuhören, ist so langweilig, da schalte ich immer nach drei Sekunden ab.

Ich schüttle den Kopf.

»Okay, dann also ganz von vorne«, sagt Gustav. »Nimm dir einen Stift und schreib mit.«

Ich greife seufzend nach einem Kugelschreiber und meinem Matheheft.

Die nächste Stunde reden Aaron und Gustav unaufhörlich auf mich ein und erklären mir über Winkel, was ich nie wissen wollte. Wobei ich zugeben muss, dass ich nach und nach immer mehr verstehe, weil ich keine Chance habe, einfach abzuschalten. In der Klasse ist das nie ein Problem, da sitzen so viele andere, mit denen sich der Holzapfel beschäftigen kann. Jetzt bin ich aber der einzige Schüler und meine beiden Nachhilfelehrer sind voll auf mich konzentriert.

Aaron erklärt mir gerade, wie ich mit einem bekritzelten Dreieck aus Plastik die Größe von Winkeln messen kann, als plötzlich die Tür auffliegt und laut gegen die Wand donnert.

Wir zucken alle drei erschreckt zusammen und drehen uns um. Lilly stampft ins Zimmer und sie sieht alles andere als glücklich aus.

»Das war aber nicht unser geheimes Klopfzeichen«, rufe ich vorwurfsvoll in ihre Richtung.

»Das ist mir gerade mal so was von egal!«, zetert sie. »Ich kotze gleich!«

»Aber bitte nicht hier auf den Boden«, sage ich. »Sonst rutscht Cornibus drin rum und sein Fell riecht komisch.«

»Ich denke, sie muss sich nicht wirklich übergeben«, sagt Aaron. »Das ist nur ein Ausdruck größter Unzufriedenheit. Unzufriedenheit.«

»Diese verdammte Mistkuh!«, schimpft Lilly. »Diesmal ist sie echt zu weit gegangen!«

»Ist das die gleiche Kuh wie gestern?«, frage ich. »Oder ist noch eine dazugekommen?«

»Wisst ihr, was sie gemacht hat?«, zetert Lilly weiter, ohne meine Frage zu beantworten. »Das glaubt ihr nicht! Ich habe ihr ja viel zugetraut, aber das ist echt die Krönung!«

Wir sitzen mit offenen Mündern da und warten gespannt auf eine Erklärung.

»Sie hat irgendwann wohl ein Foto von mir gemacht, auf dem ich mich am Kopf kratze. Keine Ahnung, warum, manchmal kratzt man sich ja einfach so am Kopf.«

Stimmt, so wie ich jetzt gerade, weil ich keine Ahnung habe, was los ist.

»Jedenfalls hat sie dieses Foto heute über WhatsApp in der Schule verbreitet, und zwar mit der Überschrift: Lilly hat Läuse!«

Ich kann nicht anders, ich muss kichern. Das ist schon irgendwie witzig, finde ich.

»Das ist nicht witzig, Luzie!«, faucht Lilly mich an.

Oder auch nicht.

»Die ganze Schule hat das Bild gesehen!«, poltert Lilly weiter. »Alle glotzen mich komisch an und gehen mir aus dem Weg! Und manche haben mich sogar schon Läuse-Lilly genannt!«

»Aber du hast keine Läuse, oder?«, fragt Gustav und rückt ein Stück von Lilly weg.

»Nein, natürlich nicht!«

»Cornibus mag Läuse. Läuse lustig. Schnell krabbeln.«

Er verwandelt sich in eine schildkrötengroße Laus und flitzt durchs Zimmer.

»So sehen Läuse aus?«, wundert sich Gustav. »Irgendwie eklig.«

»Es geht doch hier nicht um die Läuse!«, schimpft Lilly. »Es geht um Chiara, diese miese Schlange! Ich schwöre euch, das wird sie noch bereuen! Die mache ich eigenhändig zur Laus! Gib mir das Buch, Luzie! Da steht bestimmt drin, wie man so was macht!«

Ich gehe schnell zum Nachttischschränkchen und greife nach dem Buch.

»Jetzt beruhig dich doch erst mal«, sage ich. »Es gibt bestimmt noch eine andere Lösung.«

»Gibt es nicht!«, zetert Lilly. »Sie ist zu weit gegangen! Und sie hat sich mit der Falschen angelegt! Das wird sie gleich morgen früh zu spüren bekommen, wenn sie als fette Laus durch die Schule kriecht! Los, her damit!«

Sie zeigt auf das Buch in meiner Hand.

»Nein«, sage ich und stecke es hinten in meine Hosentasche. »Ich gebe dir das Buch nicht.«

»Was? Wieso denn nicht? Du spinnst wohl!«

»Ich glaube nicht, dass das eine gute Idee ist«, sage ich. »Du kannst nicht einfach durch die Gegend laufen und Leute in Läuse oder Kakerlaken verwandeln, nur weil sie dir nicht passen.«

»Nicht passen? Darum geht es doch gar nicht! Die dämliche Schnepfe hat einen Krieg angefangen! Und ich werde mich ganz sicher nicht einfach so ergeben! Wenn sie Krieg will, kann sie ihn gern haben! Dafür brauche ich nur das Buch! Los, rück es raus! Du kriegst es auch morgen wieder!«

»Du bist echt wie Papa«, stelle ich fest. »Immer gleich auf hundertachtzig. Jetzt komm doch erst mal runter, dann reden wir in aller Ruhe darüber und überlegen gemeinsam, was wir gegen diese Chiara unternehmen können, ohne sie gleich in irgendwas zu verwandeln.«

»Ich will aber nicht runterkommen!«, schreit Lilly. »Ich will nur dieses Buch! Ich habe ein Recht darauf! Ich bin ein Kind des Teufels, genau wie du!«

»Ein Recht darauf?«, erwidere ich. »Wieso das denn? Das ist *mein* Buch, Onkel Gabriel hat es mir gegeben, da wusste noch niemand, dass es dich überhaupt gibt. Und ich bin mir ziemlich sicher, dass er es nicht gut fände, wenn ich es einfach so aus der Hand gäbe.«

»Aber ich bin doch nicht irgendjemand!«, motzt Lilly. »Ich bin deine Schwester! Und du bist mein Bruder! Du musst mir helfen!«

»Aber ganz sicher nicht so«, sage ich. »Wie gesagt, wir können gern zusammen in aller Ruhe darüber nachdenken, wie du diese Chiara loswirst. Uns fällt bestimmt etwas weniger Fieses ein, als sie in ein Insekt zu verwandeln und platt zu treten.«

»Ich *will* aber nichts weniger Fieses! Ich will sie zerstören!«

»Ach, das meinst du doch gar nicht so«, sage ich. »Schlaf einfach erst mal drüber, morgen früh siehst du das bestimmt ganz anders.«

»Ganz bestimmt *nicht*! Wenn ich morgen früh in die Schule komme, bin ich immer noch Läuse-Lilly! Und dafür muss sie büßen!«

»Aber nicht als Laus«, erwidere ich. »Jedenfalls nicht mit meiner Hilfe. Du kannst Onkel Gabriel gerne fragen, ob du auch ein Buch kriegst, wenn wir das nächste Mal unten sind. Dann kannst du damit machen, was du willst.«

»Das heißt, du gibst mir das Buch wirklich nicht?«, knurrt sie.

»Auf gar keinen Fall«, antworte ich.

»Na, das wollen wir doch mal sehen!«

Sie stürmt auf mich zu und versucht, das Buch aus meiner Hosentasche zu ziehen. Ich bin aber schneller als sie und ziehe es selbst heraus.

»Gib mir das Buch!«, schreit Lilly.

»Nein, du kriegst es nicht!«, schreie ich zurück.

Sie tritt mir ans Schienbein, ich ziehe an ihren Haaren, ein Ringkampf um das Buch entwickelt sich zwischen uns.

»Hört auf damit!«, ruft Gustav.

Er drängt sich zwischen uns und versucht, uns zu trennen, schafft es aber nicht. Aaron kommt ihm zu

Hilfe, kann aber auch nichts ausrichten. Lilly greift mich immer wieder an, aber ich gebe nicht nach.

»Nicht kloppen!«, brüllt Cornibus. »Luzie und Lilly Freunde! Freunde nicht kloppen!«

»Sag das mal diesem Sturkopf!«, schreit Lilly und schnappt nach meinem Arm.

»Selber Sturkopf!«, schreie ich zurück und versuche, sie in den Schwitzkasten zu nehmen.

»Cornibus gesagt! Nicht kloppen!«

Er verwandelt sich in einen riesigen Oktopus und fährt mit allen acht Armen zwischen uns, bis er uns getrennt hat und wir an jeweils einem Oktopusarm in der Luft zappeln.

»Lass mich runter!«, zetert Lilly.

»Erst verplagen! Luzie und Lilly Freunde!«

»Vertragen!«, verbessere ich ihn. »Das heißt vertragen! Und sag das Lilly! Ich hab nicht angefangen!«

»Hast du doch!«, erwidert sie. »Du gibst mir das Buch nicht!«

»Weil das zu gefährlich ist! Du weißt doch gar nicht, wie man damit umgeht!«

»Du doch auch nicht! Du probierst immer irgendwas aus und hoffst, dass es klappt!«

»Aber es ist *mein* Buch! Wenn bei *mir* etwas schiefgeht, bin *ich* dran schuld! Ich will nicht dafür verantwortlich sein, wenn *du* jemanden damit umbringst!«

»Wer hat denn irgendwas von Umbringen gesagt? Ich will sie doch nur in eine Laus verwandeln! Und vielleicht ein bisschen auf ihr rumtrampeln! Aber nur ganz wenig! Daran wird sie schon nicht sterben, du Hohlkopf!«

»Das weißt du doch nicht! Wenn *ich* schon sehr wenig Ahnung von dämonischen Kräften habe, wie wenig weißt du dann darüber, du … du … du ahnungslose Ameise!«

Lilly funkelt mich böse an. Im nächsten Moment fängt sie an zu lachen, Aaron und Gustav auch.

»Ahnungslose Ameise!«, prustet Lilly. »Ich kann nicht mehr!«

»Was denn?«, frage ich und fange auch an zu lachen. »Ich dachte, hier oben nimmt man Tiernamen als Schimpfwörter?«

»Ja, aber doch nicht Ameise!«, gluckst Gustav.

»Woher soll ich das denn wissen?«, frage ich kichernd. »Ich dachte, es kommen alle Tiere infrage.«

Cornibus setzt Lilly und mich auf dem Boden ab und verwandelt sich zurück in seine ursprüngliche Form.

»Wieder gut?«, fragt er. »Luzie und Lilly verplagen?«

Wir gucken uns an. Lillys Miene wird wieder ernst.

»Ich frage dich ein letztes Mal«, sagt sie. »Gibst du mir

bitte das Buch? Ich verspreche, ich werde niemanden damit umbringen.«

»Tut mir leid«, antworte ich schulterzuckend. »Du hast offenbar Papas unberechenbares Temperament geerbt. Das ist zu gefährlich.«

»Na gut«, knurrt sie mit zusammengekniffenen Lippen. »Dann eben nicht.«

Sie dreht sich ohne ein weiteres Wort um und knallt die Tür hinter sich zu.

»Also, vertragen sieht für mich anders aus«, sagt Gustav.

»Sie wird sich schon wieder beruhigen. Beruhigen«, sagt Aaron.

»Aber ich habe doch nichts falsch gemacht, oder?«, frage ich besorgt. »Ich meine, da könnte sonst was passieren, wenn ich ihr einfach so das Buch gebe, nicht wahr?«

»Ja, ich denke, das war richtig«, bestätigt mich Aaron. »Wenn jemand so sauer auf jemand anderen ist, sollte man ihm nicht auch noch eine gefährliche Waffe in die Hand drücken. Drücken.«

Uff, dann bin ich ja beruhigt, ich habe offenbar das Richtige gemacht. Ich hasse es, mit Lilly zu streiten, aber es ging einfach nicht anders. Hoffentlich beruhigt sie sich bis morgen wieder, dann rede ich noch mal in Ruhe mit ihr.

»Steht da eigentlich wirklich drin, wie man jemanden in eine Laus verwandelt?«, fragt Gustav und zeigt auf das Buch in meiner Hand.

»Keine Ahnung«, antworte ich. »Aber da sind auf jeden Fall ein paar Sprüche drin, die jede Menge Schaden anrichten können.«

»Dann wenden wir uns doch lieber wieder einem Buch zu, das ausschließlich Wissen anrichtet«, sagt Aaron und zeigt auf das Mathebuch auf meinem Schreibtisch. »Wollen wir weitermachen? Weitermachen?«

Von wollen kann keine Rede sein. Aber lernen ist tatsächlich angenehmer, als sich mit seiner Schwester zu kloppen.

Ich trotte seufzend zurück an den Schreibtisch.

Kleine Teile

»Sie wissen ja Bescheid«, sagt der Hasenfuß. »Ist schließlich nicht das erste Mal, dass Sie Küchendienst haben.«

Stimmt, es ist das dreiundzwanzigste Mal. Weil ich irgendwie ständig gegen die Hausordnung verstoße – meistens allerdings, ohne es zu wollen. Es gibt einfach zu viele bescheuerte Regeln hier. Da lacht man einmal kurz, weil der Deutschlehrer eine neue, sehr lustige Brille hat, und schon wird man zu Küchendienst verdonnert.

»Heute sind Sie allerdings alleine dran«, fährt der Hasenfuß fort. »Die reguläre Küchenkraft ist krank und ich konnte leider auf die Schnelle niemanden finden, der gegen die Hausordnung verstoßen hat. Von daher müssen Sie das alles allein bewältigen. Ein schlechtes Gewissen habe ich deshalb aber nicht, meine Nase schmerzt immer noch von Ihrer hinterhältigen Schneeball-Attacke. Machen Sie die Arbeit ordentlich und schließen Sie die Tür, wenn Sie fertig sind.«

Wie bitte, was? Ich muss diesen Riesenberg Geschirr ganz alleine spülen?

»Aber … aber dafür brauche ich ja mindestens drei Stunden!«, beschwere ich mich.

»Sie brauchen dafür so lang, wie es dauert«, erwidert der Hasenfuß. »Und ich möchte hinterher nicht einen einzigen Wasserfleck auf dem Besteck finden. Ich hoffe, wir haben uns verstanden. Einen schönen Abend, Herr von Turbsnatas.«

Er verlässt die Küche.

Na toll. Das ist wirklich der perfekte Abschluss für diesen bescheuerten Tag. Erst die Sache mit dem Versetzen, dann der blöde Streit mit Lilly und das ganze Lernen und jetzt auch noch der größte Geschirrberg der Welt. Als kleiner Trost bleibt mir nur, dass dieser Tag nicht noch schlimmer werden kann.

»Blödes Geschirr, blödes«, grummele ich missmutig vor mich hin. »Blöde Lilly. Blödes Lernen. Alles blöd.«

Ich lasse Wasser ins Spülbecken und fange an, das Besteck und die Teller zu sortieren, als plötzlich etwas an meinem Hintern zappelt. Huch, was ist das denn? Ach so, das Buch. Ich habe es bei dem Streit mit Lilly hinten in meine Hose gesteckt und dort vergessen. Aber warum zappelt es jetzt?

Ich ziehe es aus der Tasche, die Seiten flirren hin und her, bis es schließlich aufgeschlagen liegen bleibt. Aha, es funktioniert also doch noch, gut zu wissen. Was steht denn da?

Das Tröten des tadellosen Tatorts

Das obere Ende eines Besenstiels an den Mund führen und für exakt 66 Sekunden einen anhaltenden trompetenähnlichen Ton erzeugen. Direkt im Anschluss laut rufen:

Nicht nur sauber, klinisch rein,
So soll alles hier gleich sein!

Sorgt dafür, dass alles im aktuell befindlichen Raum oder im Umkreis von 66 Quadratmetern klinisch gereinigt und für jedwede irdische Spurensicherung unbrauchbar wird.

Anzuwenden bei versehentlich angerichteten Massakern und/oder ausgeuferten Fressgelagen mit befreundeten Dämonen und/oder unangekündigt vor der Tür stehenden Besuchern.

Achtung: Regelmäßige Anwendung in der eigenen Behausung kann zu ungesund peinlicher Sauberkeit führen.

Oh, das klingt ja super! Wenn das funktioniert, bleibt mir die ganze Spülerei erspart!

Ein Besen. Ich brauche einen Besen. Hier war doch irgendwo … Ah, da hinten in der Ecke ist er ja. Ich schnappe ihn mir und halte den Stiel an meinen Mund. Ich fange an zu pusten. Es ist gar nicht so einfach, dabei einen Ton rauszukriegen, der nach Trompete klingt.

Nach ein paar Versuchen klappt es. Ich hole tief Luft, schaue auf den Sekundenzeiger der großen Uhr an der Wand und lege los.

TRÖÖÖÖÖÖÖÖÖÖÖÖ …

Ach, du meine Güte. Erst zehn Sekunden und mir geht schon langsam die Puste aus. Läuft die Uhr heute irgendwie langsamer?

…ÖÖÖÖÖÖÖÖÖÖÖÖÖÖÖÖ …

Noch dreiundvierzig Sekunden. Wie soll ich das denn schaffen? So lang ist mir eine Minute noch nie vorgekommen.

…ÖÖÖÖÖÖÖÖÖÖÖÖÖÖÖÖ …

Noch einundzwanzig Sekunden. Gleich habe ich keine Luft mehr.

…ÖÖÖÖÖÖÖÖÖÖÖÖÖÖÖÖ …

Noch zehn, neun … Mir wird ganz schwarz vor Augen. Fünf, vier, drei …

…ÖÖÖÖÖÖÖÖÖÖÖÖÖÖÖÖT!

Uff, geschafft! Fragt sich nur, wo ich jetzt noch die Luft hernehmen soll, um den Spruch aufzusagen.

»Nicht nur sauber … klinisch rein«, japse ich. »So soll alles … hier gleich sein!«

Erschöpft und völlig außer Puste stütze ich mich auf den Besen. Drei Sekunden später fängt er plötzlich an, sanft zu vibrieren. Als die Schwingungen stärker werden, lasse ich ihn los. Er kreist immer wilder um sich selbst, bis er schließlich vom Boden abhebt. Kurz darauf ist der Besen nicht mehr zu erkennen und ein kleiner Wirbelwind saust durch die Küche. Schranktüren klappern, Schubladen schieben sich von selbst auf, alle möglichen Lappen und Schwämme sausen durch die Luft. Dann fängt es an zu regnen. Nein, das ist kein Regen, das ist eher eine Sturzflut. Innerhalb weniger Sekunden bin ich klatschnass.

»Hey, was soll denn das?«, rufe ich in den Raum. »*Ich* brauche doch keine klinische Reinigung!«

Brauche ich offenbar doch. Lappen zischen auf mich zu, wischen über mein Gesicht und rubbeln an meinen Klamotten. Gleichzeitig schwirren unzählige Teller, Gabeln, Messer und Löffel um mich herum, die von Schwämmen bearbeitet werden. Alles riecht nach Spül-

mittel, Schaum breitet sich in der gesamten Küche aus. Auweia, was habe ich da nur angerichtet? Das Einzige, was hier rein zu werden scheint, ist das Chaos.

Das Ganze dauert knapp zehn Minuten, dann stoppt das Wasser plötzlich und ein heißer Wind weht kreuz und quer durch die Küche. Ich muss mich am Kühlschrank festhalten, damit ich nicht durch die Luft geschleudert werde. Nach und nach fliegen alle Besteckteile, jeder Teller und jeder Lappen exakt zurück an den Platz, wo sie vorher waren. Es klappert, klimpert und scheppert überall, dann kehrt Stille ein. Ich lasse den Kühlschrank los, atme erleichtert aus und schaue mich um. Alles sieht haargenau so aus wie vorher, selbst der Besen steht wieder in seiner Ecke, nur dass die gesamte Küche jetzt glänzt und blinkt und glitzert wie nagelneu. Wow, das ist ja wirklich der Wahnsinn! So sauber war es hier bestimmt noch nie.

Ich betrachte die Teller und das Besteck näher, doch kein einziger Wasserfleck ist zu finden. Okay, ich muss jetzt noch alles ordentlich in die Schränke und Schubladen räumen, aber dafür brauche ich höchstens zehn Minuten, nicht drei Stunden. Dieser Dämonenspruch ist wirklich phänomenal – hoffentlich bin ich bei meiner nächsten Strafaktion auch wieder allein hier.

Zwanzig Minuten später will ich gerade die Tür zu meinem Zimmer öffnen, als ich bemerke, dass sie nur angelehnt ist. Huch, habe ich etwa vergessen, sie richtig zu schließen? Normalerweise achte ich immer genau darauf, schon allein wegen Cornibus. Natürlich kann er jederzeit abhauen, wenn er es darauf anlegt, aber ich will es ihm wenigstens nicht zu einfach machen.

Ich lege mein Ohr an den Türspalt, von drinnen sind Geräusche zu hören. Verdammt, wer ist denn da drin? Ich schiebe meinen Kopf langsam durch den Spalt und blicke vorsichtig ins Zimmer. Da steht jemand und durchwühlt meine Nachttischschublade. Das ist Lilly! Was soll denn das?

Ich stoße die Tür auf, sie knallt gegen die Wand und Lilly zuckt erschreckt

zusammen. Als sie sieht, dass ich es bin, atmet sie erleichtert auf.

»Ach, du bist es nur«, sagt sie. »Jag mir doch nicht so einen Schreck ein.«

»Oh, Verzeihung!«, sage ich. »Ich wollte dich nicht beim Einbrechen stören!«

»Was machst du überhaupt hier?«, fragt sie. »Onkel Wolfram hat gesagt, du hast Küchendienst.«

»Hatte ich auch, bin schon fertig. Die Frage ist aber wohl eher, was *du* hier machst. In meinem Zimmer. Allein.«

Genau, wo ist überhaupt Cornibus? Ich hätte eigentlich erwartet, dass er Alarm schlägt, wenn jemand in meiner Abwesenheit das Zimmer betritt. Als Aaron zum ersten Mal unangemeldet hier reinkam, hat Cornibus ihn als Tiger fast gefressen. Und jetzt? Wo steckt er bloß?

»Ach, ich wollte dich nur besuchen«, sagt Lilly und bewegt sich ein Stück zur Seite.

Ah, da ist er ja. Er sitzt als Faultier auf dem Bett und stopft gähnend Schokolade in sich rein. Die ist aber nicht von mir, die hat Lilly mitgebracht.

»Du wolltest mich besuchen, obwohl du wusstest, dass ich Küchendienst habe?«, frage ich. »Und du hattest zufällig zehn Tafeln Schokolade für Cornibus dabei?«

»Lilly da«, sagt Cornibus träge. »Schlotzolade mitgebracht.«

»Das sehe ich, Cornibus«, sage ich vorwurfsvoll. »Schön zu wissen, dass du so gut aufpasst, wenn ich nicht da bin.«

»Macht Cornibus gern. Cornibus allerbester Aufpasser.«

»Ja. Solang der Feind keine Schokolade dabeihat«, knurre ich.

»Feind? Wieso denn Feind?«, fragt Lilly unschuldig. »Ich bin doch kein Feind, ich bin deine Schwester.«

»Ach, komm, jetzt tu doch nicht so«, erwidere ich. »Wir wissen beide ganz genau, wieso du hier eingebrochen bist und in meinen Sachen rumwühlst.«

Ich ziehe das Handbuch aus meiner Hosentasche und strecke es ihr entgegen.

»Deswegen bist du hier«, stelle ich fest.

»Was blieb mir anderes übrig? Du wolltest es mir ja nicht leihen.«

»Aus gutem Grund.«

»Das ist Ansichtssache.«

»Aaron und Gustav finden auch, dass ich es dir nicht geben sollte.«

»Die zählen nicht. Das ist eine Sache zwischen uns beiden.«

»Nö«, sage ich. »Das ist ganz allein *meine* Sache. Es ist nämlich *mein* Buch.«

»Ich finde es blöd, wenn wir streiten«, sagt Lilly seufzend. »Wir sind doch Geschwister. Wir müssen zusammenhalten.«

»Ja«, meldet sich Cornibus zu Wort. »Luzie und Lilly Verschwister. Immer zusammenspalten.«

Wir fangen beide an zu kichern.

»Zusammenhalten«, verbessere ich Cornibus. »Und es heißt *Ge*schwister. Grundsätzlich hast du aber recht. Ich finde es auch blöd, wenn wir streiten.«

»Dann gib mir das Buch doch einfach«, sagt Lilly. »Ich verspreche dir auch hoch und heilig, dass ich niemanden damit umbringen werde. Ich will Chiara nur ein bisschen erschrecken.«

»Aber dafür brauchst du das Buch doch nicht«, erwidere ich. »Lass dir was anderes einfallen.«

»Mir fällt aber nix ein. Es soll etwas sein, das sie nie vergisst. So wie die Sache mit Torben und seinen Jungs. Da hast du doch auch das Buch benutzt. Ich will, dass sie mich in Ruhe lässt, und zwar für immer.«

»Okay, dann lassen wir sie wie Torben erstarren, ziehen ihr lustige Sachen an, machen Fotos von ihr und erpressen sie damit. Dann mache *ich* das aber mit dem Spruch.«

»Das wäre viel zu kompliziert«, erwidert Lilly. »Dafür müsstest du zu uns an die Schule kommen und das müsste alles ganz genau geplant werden, schließlich darf dich niemand erwischen, das ist also total umständlich.

Gib mir einfach das Buch und ich suche einen kleinen, harmlosen Spruch heraus, den ich alleine anwenden kann.«

Ich seufze. Muss sie mich vor so eine schwierige Entscheidung stellen? Sie ist meine beste Freundin. Sie ist sogar meine Schwester. Aber irgendetwas in mir sträubt sich dagegen, ihr das Buch zu geben. Sie war so wütend heute und so aggressiv, eine wahre Teufelin. Wenn sie so drauf ist, ist sie wahrscheinlich zu allem fähig, und das könnte zu einer Katastrophe führen. Nein, ich denke immer noch, es wäre ein Fehler.

»Sorry«, sage ich. »Aber ich halte das immer noch für viel zu gefährlich.«

»Du vertraust mir nicht«, knurrt sie mich an. »Deiner eigenen Schwester.«

»Wie soll ich dir denn vertrauen?«, erwidere ich. »Du bist bei mir eingebrochen, um das Buch zu klauen. Das ist nicht unbedingt vertrauenerweckend. Und genauso gut könnte ich sagen, dass du *mir* vertrauen sollst, wenn ich das für eine schlechte Idee halte.«

»Aber du weißt überhaupt nicht, wie das ist!«, fährt sie mich an. »Du wurdest noch nie auf so eine Art gemobbt! Sonst würdest du mir das Buch sofort geben! Du hast keine Ahnung, wie fies Mädchen sein können!«

»Das stimmt. Und du hast keine Ahnung davon, was es bedeutet, eine Teufelin zu sein und welche Gefahren das mit sich bringt. Wenn mein Vater wütend ist, trifft er selten gute Entscheidungen, und das führt fast immer zu Chaos.«

»So schlimm kann es nicht sein«, erwidert Lilly. »Er ist seit über zweitausend Jahren der Chef in der Hölle.«

»Ja, weil alle anderen immer das Chaos beseitigen, das er anrichtet. Und ich habe keine Lust darauf, mich um dein Chaos zu kümmern, wenn etwas schiefläuft.«

»Keine Sorge, um mein Chaos kümmere ich mich schon selbst«, knurrt Lilly. »Ich brauche dich nicht. Ich brauche nur das Buch.«

Ihr Arm schnellt nach vorne und sie schnappt sich das Buch.

»Hey, du spinnst wohl!«, brülle ich sie an und stürze auf sie zu.

Ich kriege das Buch zu fassen, wir zerren beide daran, es geht hin und her.

»Lass los!«, brülle ich.

»Nein!«, brüllt sie zurück. »Lass *du* los!«

Wir zerren beide weiter an dem Buch. Plötzlich zischen kleine weiße Blitze aus dem Deckel. Sie breiten sich über unsere Hände aus und das Buch wird sehr heiß.

»Lass los!«, brülle ich. »Da stimmt irgendwas nicht!«

»Dann lass du doch los!«, keift Lilly mich an. »Auf deine Dämonentricks falle ich nicht rein!«

»Das ist kein Trick! Da stimmt irgendwas nicht! Lass los, Lilly!«

»Es geht nicht!«, schreit sie. »Ich klebe fest!«

Ich versuche, das Buch loszulassen. Tatsache, es funktioniert nicht, meine Finger sind fest mit dem Buchdeckel verbunden.

Die Blitze werden größer und breiten sich über unsere Körper aus. Plötzlich verschwimmt alles vor meinen Augen. Es fühlt sich an, als würde ich mich in Millionen kleine Teile auflösen. Moment mal, ich kenne dieses Gefühl! Das hatte ich schon mal, als ich mit Hasenfuß … Aber wieso …? Mir wird schwarz vor Augen.

Als ich sie kurz darauf öffne, wird die Sicht nur langsam klar. Ich blinzle ein paar Mal und sehe … mich. Oh, verdammt. Mein Gefühl hat mich also nicht getäuscht. Es war das gleiche, das ich beim Körpertausch mit Hasenfuß hatte. Ich bin in Lillys Körper. Und Lilly steckt in meinem. Zumindest hoffe ich, dass es niemand anders ist.

»Was … Was ist passiert?«, höre ich meine eigene Stimme fragen.

Ich schaue Lilly an. Also mich. Das ist sehr verwirrend.

»Ich weiß es nicht«, antworte ich. »Das war ein Körpertausch. Aber ich habe den Spruch überhaupt nicht gesagt. Das muss das Buch gewesen sein. Von ganz alleine, wahrscheinlich aus Versehen. Vielleicht, weil wir so daran gezerrt haben.«

»Das … Das fühlt sich sehr seltsam an.«

»Ich weiß«, sage ich. »Ich habe das ja mit Hasenfuß gemacht.«

»Stimmt ja«, sagt Lilly. »Dann weißt du, wie man das wieder rückgängig macht, oder?«

»Ja«, sage ich und schlage das Buch auf. »Ich kenne den Spruch aber nicht mehr auswendig. Wo war der noch gleich?«

Ich blättere im Buch. Ah, da ist er ja. Das Kitzeln der vertauschten Seelen. Genau, das war es. Ich muss Lilly, also mich, am Bauch kitzeln und den Spruch aufsagen, dann sollte alles wieder normal werden.

»Nicht erschrecken«, sage ich. »Ich muss dich am Bauch kitzeln.«

»Kein Problem«, sagt Lilly. »Hauptsache, der Spuk ist gleich vorbei.«

Ich lege die Hände an meinen Bauch und fange an zu kitzeln.

»In deiner Haut möchte ich gern hausen! Drum lass jetzt deine Seele sausen!«, rufe ich. »Sie darf solang in mir gern wohnen! Ich werd, so gut es geht, sie schonen!«

Wir halten beide gespannt die Luft an. Nichts passiert.

»Mist, es klappt nicht«, brumme ich.

»Vielleicht hast du irgendwas falsch gemacht«, sagt Lilly. »Probier's noch mal.«

Ich wiederhole die Prozedur und halte mich genau an die Anweisungen. Wieder passiert nichts.

»Verdammt!«, fluche ich. »Du hast das Buch kaputt gemacht!«

»Ich? Wieso denn ich?«, erwidert Lilly. »Du hättest mir das Buch einfach geben können, dann wäre das ganz bestimmt nicht passiert!«

»*Du* wolltest es mit Gewalt an dich reißen! Ich musste es beschützen! Weil es nämlich *mein* Buch ist! Offenbar lässt es sich nicht gern von Fremden anfassen! Das ist alles *deine* Schuld, du hohle Nuss!«

»Selber hohle Nuss! Blöder Sturkopf, blöder!«, schreit Lilly und tritt mir ans Schienbein.

»Au! Verdammt!«, schreie ich auf. »Dir ist hoffentlich klar, dass du gerade dich selbst getreten hast!«

»Mir doch egal!«, keift Lilly und boxt mich auf den Arm.

»Au! Jetzt hör doch mal auf damit! Das bringt doch nichts! Überleg lieber, wie wir das wieder rückgängig machen können!«

»Woher soll *ich* denn das wissen? *Du* bist doch hier der Experte für den ganzen Dämonenkram! Lass dir gefälligst was einfallen! Wenn Onkel Wolfram das erfährt, kriege ich für den Rest meines Lebens Hausarrest!«

»Was? Wieso denn?«

»Weil er ständig Angst hat, dass mir irgendwas Dämonisches passiert, wenn ich mit dir zusammen bin! Er fände es besser, wir hätten uns nie getroffen! Er hat sogar schon angedroht, dass wir umziehen, damit ich nicht in deiner Nähe bin! Du bist ein schlechter Einfluss, denkt er!«

Wie bitte, was? Ein schlechter Einfluss? Ich? Aber wieso denn? Ich mache doch gar nichts.

»Er würde mir am liebsten verbieten, dich zu sehen«, sagt Lilly leise. »Aber das lasse ich nicht zu. Auch wenn du ein furchtbar sturer Hohlkopf bist: Du bist mein Bruder und wir haben uns doch eben erst gefunden.«

Lilly atmet seufzend aus und lässt sich auf mein Bett sinken.

»Nicht Bett wackeln«, beschwert sich Cornibus. »Cornibus schlafen. Schön laut.«

»Tut mir leid, Cornibus«, sage ich und setze mich ebenfalls seufzend neben Lilly, also neben mich. »Bei uns ist etwas gründlich schiefgelaufen.«

»Wer gesagt? Kam aus Lillys Mund. War aber Luzie.«

Cornibus verwandelt sich in seine ursprüngliche Form und schnuppert ausgiebig an uns beiden.

»Cornibus verflirrt. Nicht richtig. Luzie Lilly. Und Lilly Luzie. Lully.«

»Das heißt verwirrt, Cornibus«, verbessere ich ihn. »Und das sind wir auch. Was machen wir denn jetzt?«

»Wir bräuchten jemanden, der sich mit solchen Dämonensachen auskennt«, sagt Lilly.

»Auribus!«, sage ich und springe auf. »Wir fragen Auribus! Als Spion-Dämon weiß er bestimmt, was man in so einem Fall macht!«

»Gute Idee!«, stimmt Lilly mir zu.

»Aber wo ist Auribus um diese Uhrzeit?«, frage ich. »Schwester Miriam hat immer nur bis zum Abendessen Dienst. Wo verbringt Auribus eigentlich die Nächte?«

»Einige der Lehrer haben Wohnungen im Nebengebäude«, erklärt Lilly. »Da wohnt auch der Hasenfuß. Vielleicht ist die Schulkrankenschwester auch dort untergebracht.«

»Am besten, wir fragen noch Aaron und Gustav. Dann können wir ihnen auch gleich erzählen, was los ist.«

»Du holst Aaron, ich hole Gustav?«

»Okay. Dann treffen wir uns gleich unten.«

»Cornibus mitkommen? Kann Lully helfen.«

»Ja, von mir aus«, sage ich. »Als Wachhund bist du sowieso komplett ungeeignet.«

Cornibus verwandelt sich in eine Fliege und zischt los in Richtung Tür. Wir folgen ihm.

Dämonenspucke

»Und du bist dir sicher, dass du die Anweisungen im Buch ganz genau befolgt hast? Befolgt hast?«, fragt Aaron.

»Da musst du *ihn* fragen«, sagt Lilly und zeigt auf mich. »Also, mich.«

»Ja«, antworte ich. »Ich habe alles genauso gemacht wie bei Hasenfuß, zweimal sogar. Irgendwas stimmt da nicht. Ich fürchte, Lilly hat das Buch kaputt gemacht.«

»Habe ich nicht«, erwidert Lilly. »Wenn, dann haben wir es beide kaputt gemacht.«

»Ja, weil du es mir klauen wolltest.«

»Leihen! Ich wollte es mir *leihen*!«

»Mann, ist das verwirrend«, stellt Gustav fest. »Daran werde ich mich nicht so schnell gewöhnen.«

»Musst du hoffentlich auch nicht«, sage ich. »Auribus kann uns bestimmt helfen. Wisst ihr, wo genau sein Zimmer ist?«

»Ja, ganz oben«, sagt Gustav. »Direkt neben Hasenfuß' Wohnung. Ich musste ihm mal Essen bringen, als er krank war. Es gibt einen Seiteneingang, der ist nie abgeschlossen, soviel ich weiß.«

»Okay, dann los«, sage ich. »Du gehst vor.«

Wir folgen Gustav gebückt an der Hauswand entlang, bis wir den Seiteneingang erreichen. Er ist tatsächlich nicht abgeschlossen. Wir schlüpfen hinein und steigen so leise wie möglich die Treppen hinauf.

»Da wohnt Hasenfuß«, flüstert Gustav und zeigt auf eine Tür, als wir das oberste Stockwerk erreichen.

Licht schimmert durch den unteren Türspalt auf den Flur. Aus der Wohnung sind Musik und Stimmen zu hören.

»Tanz mit mir, Schnutzelchen!«

Das ist der Hasenfuß, ich erkenne seine Stimme.

»Gern, Bärchen«, flötet eine weibliche Stimme. »Aber dreh mich diesmal nicht so schnell, sonst weiß ich wieder nicht, wo mir der Kopf steht!«

Und das ist Frau Schneider-Schnutzel, die Schulsekretärin.

»Sehr gut, die sind beschäftigt«, flüstert Gustav. »Das Zimmer der Krankenschwester ist dahinten.«

Er zeigt auf eine Tür am anderen Ende des Flurs, wir schleichen vorsichtig dorthin. Ich drücke die Türklinke nach unten, es ist abgeschlossen. Ich klopfe leise an, keine Reaktion.

»Und jetzt?«, zische ich leise.

»Cornibus guckt.«

Er macht sich als Fliege noch kleiner und verschwindet durch das Schlüsselloch. Kurz darauf kommt er zurück.

»Dämon schläft. Cornibus wecken?«

»Ja, weck ihn«, flüstere ich. »Aber sei leise!«

Cornibus düst wieder durch das Schlüsselloch. Kurz darauf ist ein ohrenbetäubendes Krähen zu hören.

»KIKERIKIIIII!«

»Verdammt! Leise, habe ich gesagt!«, zische ich ins Schlüsselloch.

»KIKERIKIIIIII!«

Aus Auribus' Zimmer ist ein lautes Rumpeln zu hören. Wahrscheinlich ist er aus dem Bett gefallen bei dem Krach.

Wir blicken angespannt zur Tür von Hasenfuß. Wenn er den Lärm gehört hat und gleich rauskommt, sind wir geliefert.

»Auribus?«, zische ich durchs Schlüsselloch. »Wir sind's! Mach auf!«

Es dauert einen Moment, dann öffnet sich die Tür zaghaft. Wir schieben uns schnell an einem verdutzt guckenden Auribus vorbei ins Zimmer.

»Was … Was ist denn los?«, fragt er gähnend. »Ist die Hölle eingefroren?«

»Nein«, sage ich. »Aber es ist ähnlich katastrophal.«

»Ach, mach dir keine

Sorgen, Lilly«, sagt Auribus. »Egal, was es ist, das kriege ich schon wieder hin. Ich hatte nicht umsonst immer eine Eins in Katastrophenbewältigung.«

»Ich bin nicht Lilly«, stelle ich fest. »Ich bin Luzie.«

»Ich bin Lilly«, ergänzt Lilly.

»Ihr habt euch verkleidet!«, sagt Auribus. »Nicht schlecht, ich bin fast drauf reingefallen. Aber einen Meister-Spion-Dämon täuscht man nicht so leicht.«

»Wir haben uns nicht verkleidet«, sagt Lilly. »Wir stecken in den falschen Körpern. Und dieser hier müffelt sehr unangenehm.«

»Kann nicht sein«, erwidere ich. »Ich habe vor drei Tagen erst geduscht. Und die Klamotten sind höchstens zwei Wochen alt. Ist ja auch egal jetzt, wir haben ganz andere Probleme.«

Ich erzähle Auribus ausführlich, was passiert ist.

»Hm«, sagt er und kratzt sich nachdenklich am Hinterkopf. »Ein ungewollter Seelentausch, der sich nicht rückgängig machen lässt? Das ist mir bisher noch nicht untergekommen. Aber es passiert natürlich manchmal, dass Dämonensprüche schiefgehen. Ich wollte mich im Urlaub mal unsichtbar machen, um an den Strand zu gehen, aber das Einzige, was unsichtbar wurde, war meine Kleidung. Das habe ich leider erst gemerkt, als es zu spät war. Hast du das Buch dabei?«

»Ja«, sage ich und reiche es ihm.

Er betrachtet es ausführlich von allen Seiten, schnuppert daran und klopft mit den Fingerknöcheln auf den Deckel.

»Scheint so weit alles in Ordnung zu sein«, sagt er. »Aufgezogen ist es?«

»Man muss es aufziehen?«, wundert sich Gustav. »Ein Buch?«

»Ja, aber nur alle hundert Jahre«, antwortet Auribus.

Er klopft dreimal gegen den Buchrücken, eine Klappe öffnet sich. Er zieht unten einen kleinen Schlüssel heraus und steckt ihn oben in eine Öffnung. Nachdem er den Schlüssel einmal gedreht hat, steckt er ihn zurück und schließt die Klappe wieder.

»Alles bestens«, sagt er. »Es ist noch ganz frisch aufgezogen. Am Buch lag es demnach nicht, es funktioniert einwandfrei.«

»Aber woran dann?«, will ich wissen.

»Das kann alles Mögliche sein«, antwortet Auribus. »Eine Störung im dämonischen Äther, ein Angriff einer feindlichen Macht, ein teuflischer Schluckauf, was weiß ich. Über die Ursache kann ich nur spekulieren – die Auswirkungen kann ich aber sofort beseitigen.«

»Was, echt? Das ist ja super!«, juble ich. »Was müssen wir machen?«

»Legt euch nebeneinander aufs Bett«, sagt Auribus. »Und zieht eure T-Shirts aus. Aaron, Gustav, ihr könnt bitte einen Eimer heißes Wasser holen. Und den Putzlappen. Blut sollte man immer gleich wegwischen. Vor allem, wenn es so viel wird.«

»Äh … Moment mal …«, sage ich. »Blut? Was denn für Blut?«

»Na, eures«, antwortet Auribus. »Das lässt sich leider nicht vermeiden, wenn ich euch die Herzen aus dem Brustkorb schneide.«

Er zieht ein riesiges Messer unter dem Bett hervor.

»Eure Seelen sind im falschen Körper«, erklärt er. »Und die Seele befindet sich bekanntermaßen im Herz. Ich muss also nur eure Herzen austauschen, dann sind eure Seelen wieder im richtigen Körper.«

»Äh … Hast du so was denn schon mal gemacht?«, frage ich skeptisch.

»Nö. Aber so schwer kann das nicht sein. Herz raus, Herz rein, mit Dämonenspucke zukleben, fertig. Seid ihr bereit?«

»Nein!«, ruft Lilly und springt vom Bett auf. »Da mache ich nicht mit!«

Sie zerrt mich ebenfalls vom Bett.

»Du wirst auf gar keinen Fall mein Herz herausschneiden!«, sagt sie bestimmt. »Dämonenkräfte hin oder her, das ist viel zu gefährlich!«

Echt, ist es das? Ich habe keine Ahnung von solchen Sachen. Aber okay, wenn Lilly das sagt, wird es schon stimmen, sie kennt sich hier oben besser aus als ich.

»Gibt es denn keine andere Lösung?«, frage ich.

»Doch, natürlich«, antwortet Auribus. »Ich kann euch die Herzen auch mit bloßen Händen herausreißen. Das geht sogar schneller, verursacht aber eine noch größere Sauerei.«

»Nein, ich meinte irgendwas, wobei unsere Herzen an ihren Plätzen bleiben können«, sage ich.

»Hm, schwierig«, sagt Auribus. »Ich wüsste nicht wie. Das müsste sich mal jemand mit einer höheren Machtbefugnis angucken.«

»Mein Vater, zum Beispiel?«, frage ich.

»Klar. Der Chef muss wahrscheinlich nur einmal mit dem Finger schnippen und die Sache hat sich erledigt. Soll ich ihm eine E-Mail schreiben?«

»Nein, nicht nötig«, sage ich. »Ich habe einen direkten Kontakt zu Steven. Am besten, wir rufen ihn gleich an. Die Uhr ist in meinem Zimmer.«

»Soll ich mitkommen?«, fragt Auribus.

»Danke, das schaffen wir schon alleine«, antworte ich. »Leg dich wieder schlafen, wir halten dich auf dem Laufenden.«

Wir verlassen Auribus' Zimmer und schleichen zurück nach unten.

Kurz bevor wir die Tür zum Hauptgebäude erreichen, lässt uns eine Stimme erschreckt zusammenzucken.

»Lilly? Bist du das?«

Herr Rosenberg kommt über den dunklen Hof auf uns zu.

»Mist, mein Onkel«, zischt Lilly. »Was machen wir denn jetzt?«

Eigentlich ist er ja jetzt *unser* Onkel, aber Lilly hat sich offenbar auch noch genauso wenig daran gewöhnt wie ich.

»Lilly! Ich hab dich schon überall gesucht!«

Er kommt näher, bis er schließlich vor uns steht.

»Hatten wir nicht ausgemacht, dass du Bescheid sagst, wenn du das Haus verlässt?«, fragt er vorwurfsvoll.

»Tut mir leid, Onkel Wolfram«, sagt Lilly. »Ich hab's vergessen.«

»*Dich* habe ich nicht gemeint, Luzie«,

brummt Herr Rosenberg. »Und seit wann nennst du mich Onkel Wolfram? Lass das lieber, sonst kriegt es noch jemand mit und deine Tarnung fliegt auf.«

Oh, Mist, stimmt. *Ich* hätte ihm antworten müssen, ich bin ja jetzt quasi Lilly.

»Äh … ja … ähm …«, stammelt Lilly. »Tut … tut mir leid, Herr Rosenberg.«

»Was macht ihr überhaupt hier draußen um diese Uhrzeit?«, fragt Herr Rosenberg und senkt seine Stimme. »Doch hoffentlich nichts mit Dämonen oder so? Ist etwas passiert? Wurdet ihr angegriffen oder so?«

»Nein, nein, On… Herr Rosenberg!«, sagt Lilly und wirft mir einen durchdringenden Blick zu. »Es ist alles in bester Ordnung. Keine Dämonen. Nichts Höllisches. Wir waren nur kurz frische Luft schnappen. Wegen … wegen Cornibus. Er musste mal raus. Nicht wahr, Lilly?«

Okay, verstanden. Sie will also nicht, dass wir ihren Onkel einweihen.

»Äh … ja, genau«, sage ich. »Alles in Ordnung. Cornibus. Frische Luft schnappen. Sonst nichts, Herr, ähm, Onkel Wolfram.«

»Aha, so, so«, sagt Herr Rosenberg mit skeptischem Blick. »Und wo ist Cornibus? Ich sehe ihn nirgends.«

Eine Fliege landet auf seiner Nase.

»Cornibus hier, Onkel Rosenram. Alles wahr, was Lully gesagt.«

Sehr gut, Cornibus. Schwindeln kann er fast so gut wie Schokolade futtern.

»An diese verschwurbelte Sprache werde ich mich wohl nie gewöhnen«, seufzt Herr Rosenberg und verscheucht Cornibus von seiner Nase. »Aber egal, ihr habt jedenfalls genug frische Luft geschnappt. Jungs, ihr geht sofort auf eure Zimmer. Lilly, du kommst mit mir.«

Er schnappt mich am Arm und zieht mich zu sich heran.

Wie bitte, was? Jetzt sofort? Aber das geht doch nicht! Ich bin doch nicht Lilly! Ich weiß überhaupt nicht, was ich als Lilly machen muss!

Ich schaue panisch in meine Augen, die mindestens ebenso panisch zurückblicken.

»Aber … ich …«, stammle ich. »Ich muss noch mal kurz mit zu Luzie hoch! Ich habe da … etwas vergessen!«

»Das ist morgen auch noch da«, erwidert Herr Rosenberg. »Du kommst jetzt mit, es ist schon spät und morgen ist ein Schultag.«

Er zieht mich von den anderen weg.

»Warte!«, ruft Lilly. »Ich muss … Ich will mich

wenigstens noch ordentlich von Lilly verabschieden! Wir … Wir sind doch Geschwister! Und das wissen wir noch nicht so lang! Wir haben ganz viele Geschwister-Verabschiedungen nachzuholen!«

Lilly breitet meine Arme aus.

»Na gut, wenn's sein muss«, brummt Herr Rosenberg und lässt mich los. »Aber macht's kurz. Ihr seht euch doch morgen sowieso wieder.«

Ich gehe auf Lilly zu und umarme mich selbst – ein sehr seltsames Gefühl. Lilly drückt mich fest an sich und flüstert in mein Ohr.

»Geh am besten gleich ins Bett«, wispert sie. »Und rede so wenig wie möglich. Vielleicht ist morgen früh alles wieder normal. Falls nicht, warte ich um halb acht draußen vor dem Tor auf dich.«

»Okay«, flüstere ich zurück. »Aber wie …?«

»Keine Zeit«, unterbricht mich Lilly. »Er guckt schon ganz ungeduldig. Du schaffst das.«

Sie lässt mich los und erhebt ihre Stimme.

»Gute Nacht, Schwesterherz!«, sagt sie. »Wir sehen uns dann morgen!«

»Gute Nacht, großer Bruder!«, stimme ich mit ein. »Bis morgen!«

Lilly, Aaron und Gustav entfernen sich langsam, ich trotte zurück zu Herrn Rosenberg. Eine Fliege folgt mir dicht neben meinem Ohr.

»Bleib bei Lilly!«, zische ich Cornibus zu. »Und benimm dich!«

»Was hast du gesagt?«, fragt Herr Rosenberg.

»Ach, nichts«, antworte ich.

Cornibus hört zum Glück auf mich und fliegt den anderen hinterher. Sehr gut, dann muss ich mir nicht auch noch darüber Sorgen machen, dass er heute Nacht irgendwelchen Blödsinn in Lillys Zimmer anstellt. Sie hat doch hoffentlich ein Zimmer? Ich war noch nie in der Hausmeisterwohnung. Das kann ja lustig werden.

Ich folge Herrn Rosenberg. Als wir an der Wohnung angekommen sind, schließt er auf und lässt mich vorausgehen.

»Ich gehe gleich schlafen! Gute Nacht!«, sage ich schnell und öffne die erste Tür, die ich sehe.

»In der Abstellkammer?«, wundert sich Herr Rosenberg.

»Öh … natürlich nicht«, erwidere ich. »Ich brauche nur noch etwas für die Schule morgen.«

Ich greife nach der erstbesten Sache in der Abstellkammer.

»Und zwar das hier!«, sage ich.

»Den Wischmopp? Du brauchst einen Wischmopp für die Schule?«

Ah, so heißt dieses Ding also. Lustiger Name. Sieht ein bisschen aus wie unsere Stabdämonen, nur verkehrt herum. Ich weiß gar nicht, welche Funktion die haben. Beim Sommerfest werden sie immer als Limbostangen benutzt, dafür sind sie jedenfalls sehr praktisch.

Was man hier oben mit so einem Wischmopp macht, weiß ich nicht, aber offenbar benutzt man ihn nicht in der Schule, sonst würde Herr Rosenberg nicht so verdutzt gucken.

»Äh … das ist für ein Projekt«, sage ich. »Ein Schulprojekt. Ein ganz geheimes Schulprojekt. So geheim, dass wir selbst nicht wissen, um was es geht. Ich weiß nur, dass ich morgen unbedingt einen Wischmopp mitbringen soll.«

»Ihr immer mit euren komischen Projekten in der Schule«, sagt Herr Rosenberg und verdreht die Augen. »Zu meiner Zeit gab es so was nicht. Gib her, ich stelle ihn neben deinen Ranzen, damit du ihn morgen früh nicht vergisst.«

Ha, was ein Ranzen ist, weiß ich wenigstens. Das ist dieses Ding, das Lilly immer auf dem Rücken hat, wenn sie aus der Schule kommt. So was braucht man offenbar, wenn die Schule nicht im gleichen Haus ist, in dem man wohnt.

»Alles klar«, sage ich. »Danke, Onkel Wolfram. Dann geh ich jetzt ins Bett.«

»Gut«, sagt Herr Rosenberg. »Dann schlaf gut, mein Schatz.«

Er drückt mir einen Kuss auf die Stirn.

»Danke, du auch«, sage ich und gehe langsam den Flur entlang.

Mist. Ich will nicht noch mal eine falsche Tür öffnen. Welche nehme ich denn? Ah, da ist eine mit bunten Aufklebern dran, die könnte es sein. Ich öffne sie zaghaft. Ja, das sieht so aus, als könnte es Lillys Zimmer sein. Ich drehe mich noch mal zu Herrn Rosenberg um. Er sieht mich skeptisch an.

»Du willst doch ganz sicher zuerst noch ins Bad und Zähne putzen«, sagt er und zeigt auf die Tür gegenüber.

»Äh … ja … klar«, sage ich. »Nacht!«

Er schüttelt grinsend den Kopf und geht an mir vorbei. Ich schlüpfe schnell ins Badezimmer und schließe die Tür hinter mir ab.

Uff, geschafft. Bis morgen früh sollte ich erst mal Ruhe vor ihm haben. Noch schnell Zähne putzen, dann ab ins Bett.

Ich gehe ans Waschbecken. Hm, da stehen zwei Zahnbürsten. Welche nehme ich denn? Ach, egal, die sind ja alle gleich.

Als ich fertig bin, merke ich, dass ich pinkeln muss.

Ich stelle mich vor die Toilette und lasse die Hose herunter. Ich werfe einen Blick auf Lillys Unterhose. Hi, hi, die ist ja viel kleiner als meine. Und lila. Und da ist ein rotes Herzchen drauf, wie süß. Ich greife hinein, um …

»AAAAAAH!«, schreie ich panisch auf.

Da fehlt was! Dieses Teil, das man zum Pinkeln braucht! Es ist einfach nicht da! Da ist NICHTS! Das ist eine Katastrophe!

»AAAAAAH!«

Was, wenn ich das Ding irgendwo verloren habe? Lilly reißt mir den Kopf ab!

Ich gucke panisch in der runtergelassenen Hose nach, vielleicht ist es ja abgefallen oder so. Nein, da ist nichts.

»Lilly?«, ruft Herr Rosenberg aufgeregt und hämmert gegen die Tür. »Was ist los?«

Oh, Mist, auch das noch!

»Wirst du angegriffen?«, fragt er panisch. »Sind da drin irgendwelche Dämonen?«

Ich wünschte, es wären welche hier. Die könnten mir beim Suchen helfen.

»Äh … nein!«, rufe ich nach draußen. »Alles okay

hier drin! Ich habe … Ich habe mir nur beim Zähneputzen aus Versehen die Zahnbürste in die Nase gesteckt!«

Eine bessere Erklärung ist mir auf die Schnelle nicht eingefallen.

»Du hast *was*?«

»Ja, ich weiß! Manchmal bin ich echt selten dämlich! Tut mir leid, ich wollte dich nicht erschrecken!«

»Schon gut«, sagt Herr Rosenberg hörbar aufatmend. »Ich bin nur sehr nervös, seit du weißt, wer dein Vater ist. Ich habe ständig Angst, dass diese Höllenbrut dich in Gefahr bringt. Ist deine Nase in Ordnung? Blutet sie?«

»Nein, nein, alles okay«, antworte ich. »Das war nur der Schreck. Mach dir keine Sorgen. Luzie und die anderen passen schon auf mich auf. Er ist ein sehr guter Bruder. Der beste sogar.«

»Da bin ich mir eben nicht so sicher«, knurrt Herr Rosenberg. »Er hat dich mit in die Hölle genommen. Dir hätte sonst was passieren können.«

»Mir ist aber nichts passiert«, erwidere ich. »Außer

das mit der Zahnbürste eben. Und daran ist die Hölle ganz sicher nicht schuld. Du kannst wieder gehen, Onkel Wolfram. Schlaf gut.«

»Ja, du auch«, sagt er und ich höre, wie seine Schritte sich entfernen.

Uff, das ist noch mal gut gegangen. Bleibt nur das Problem mit dem fehlenden Teil. Es ist tatsächlich nirgendwo zu finden. Und ich muss immer dringender pinkeln. Wie soll das denn funktionieren? Ich setze mich seufzend auf die Toilette. Oh. Das funktioniert ja doch, und zwar ganz von selbst. Keine Ahnung wie, aber das ist mir gerade ziemlich egal. Vielleicht war das Teil ja vorher schon weg? Vielleicht hat Lilly es selbst irgendwann verloren und das ist ihr irgendwie peinlich oder so? Ich werde sie auf jeden Fall nicht darauf ansprechen. Falls es doch meine Schuld ist, kriege ich noch früh genug Ärger deswegen.

Ich schließe die Badezimmertür auf, flitze über den Flur in Lillys Zimmer und krieche schnell unter die Bettdecke. Die Klamotten lasse ich gleich an, die brauche ich ja morgen wieder. Oder Lilly. Das wäre natürlich das Beste: Wenn wir einfach morgen früh beide in unseren eigenen Zimmern und vor allem Körpern aufwachen. Hoffentlich wird das so sein. Und hoffentlich ist dann dieses komische Teil auch wieder da, das irritiert mich immer noch.

Nicht rückwärts

Hey! Wieso ist es denn hier auf einmal so hell? Verdammt, ich will schlafen! Es hat lang genug gedauert, bis ich überhaupt eingeschlafen war. Mein Kopf wollte einfach nicht aufhören nachzudenken. Über diesen seltsamen Körpertausch und über Lillys Zoff mit dieser Chiara und über Herrn Rosenberg, der mich nicht leiden kann, und was weiß ich noch alles. Als ich zum letzten Mal auf die Uhr geguckt habe, war es fast zwei. Und als ich dann endlich irgendwann eingeschlafen bin, hatte ich lauter fiese Träume, in denen alle böse zu mir waren, selbst Cornibus. Eben gerade hat er mit gleißend hellem Feuer nach mir gespuckt, dann bin ich aufgewacht. Cornibus ist weg, aber dieses helle Licht ist noch da. Oder träume ich vielleicht immer noch?

Ich öffne meine Augen. Nein, ich träume nicht, da ist tatsächlich Licht, direkt über mir an der Decke.

Ich muss ein paarmal blinzeln, bis sich meine Augen an die Helligkeit gewöhnt haben. Das Erste, was ich feststelle, ist, dass ich leider immer noch im falschen Zimmer und somit im falschen Körper bin. Mist, es hat sich also nicht einfach über Nacht erledigt.

Ich gucke an die Decke, wo das Licht herkommt. Was ist das denn? Da steht etwas in grell leuchtender Schrift geschrieben.

NOCH 1T 8H 14M 35S

Die Zahlen blinken und die letzte wird mit jedem Blinken kleiner. 34, 33, 32 … Kapier ich nicht. Was soll denn das bedeuten? Ist das vielleicht eine Art Wecker? Aber dann stimmt die Uhrzeit nicht, es ist nicht Viertel nach acht, sondern Viertel nach sieben. Und ein Wecker läuft ja auch vorwärts, nicht rückwärts. Seltsam, muss ich nachher gleich mal Lilly fragen.

Es klopft an der Tür. Die Schrift verschwindet plötzlich und alles ist dunkel.

»Lilly, bist du wach?«, fragt Herr Rosenberg.

»Ja!«, rufe ich.

»Ich muss heute früher rüber! Frühstück steht auf dem Tisch! Wir sehen uns nach der Schule! Hab einen schönen Tag! Und vergiss den Wischmopp nicht!«

»Okay!«, antworte ich. »Du auch!«

Sehr gut, dann muss ich keine Angst haben, mich irgendwie zu verplappern.

Ich warte, bis ich die Haustür zufallen höre, und stehe auf. Ich gehe im Flur nach links und finde die Küche. Auf dem Tisch sehe ich eine Packung, auf der *Cornflakes* steht. Davon habe ich schon gehört, die gibt es bei uns drüben aber nie. Ich greife in die Packung und stopfe mir eine Handvoll in den Mund. Ganz schön trocken, das Zeug, stelle ich fest. Egal, ich habe Hunger. Ich nehme noch eine Handvoll und gucke auf die Uhr. Oh, schon fast halb acht, ich muss los. Ich stopfe mir noch ein paar von den Cornflakes in die Taschen, schnappe mir Ranzen und Wischmopp und verlasse die Wohnung.

Als ich draußen am Tor ankomme, wartet Lilly bereits hinter einem Busch versteckt auf mich.

»Luzie! Hier bin ich!«, zischt sie mir zu.

Ich gehe auf sie zu, sie zerrt mich hinter den Busch.

»Onkel Wolfram darf uns nicht sehen«, sagt sie. »Sonst stellt er nur unnötige Fragen. Hat er was gemerkt?«

»Nein«, sage ich. »Ich konnte ihm ganz gut aus dem Weg gehen.«

»Wie siehst du denn aus?«, fragt sie und verzieht unzufrieden das Gesicht. »Oder besser gesagt: Wie sehe *ich* denn aus? Das sind doch die gleichen Klamotten, die ich gestern anhatte. Und was hast du denn mit meinen Haaren gemacht? Die sind ja eine Katastrophe.«

»Gar nichts habe ich mit deinen Haaren gemacht«, antworte ich. »Ich habe sie noch nicht mal angefasst.«

»Das ist ja das Problem«, seufzt Lilly und fummelt und ziept an den Haaren herum. »Da ist jetzt auch nicht mehr viel zu retten. Was soll das da eigentlich?«

Sie zeigt auf den Wischmopp.

»Den habe ich für eine Ausrede gebraucht«, sage ich. »Ich bin zuerst ins falsche …«

»Erzähl mir das heute Nachmittag«, würgt Lilly mich ab. »Wir haben nicht viel Zeit. Hattest du auch einen Countdown an der Zimmerdecke?«

Ein Countdown? Das war das also? Das macht mein Vater manchmal bei den Unverschämten Ungeduldigen in Abteilung 73, nur so zum Spaß. Dann verspricht er ihnen, dass sie freigelassen werden, wenn er von hundert abwärtsgezählt hat, aber bei eins tut er immer so, als hätte er sich verzählt, und fängt wieder von vorne an. Und sobald einer meckert, erhöht er die Anfangszahl auf tausend.

»Ja, das hatte ich auch!«, sage ich. »Aber was hat das zu bedeuten? Was passiert denn, wenn der Countdown bei null angelangt ist?«

»Wenn du auch nicht weißt, was das bedeutet, werden wir es wohl erst in einem Tag, acht Stunden und ein paar Minuten erfahren. Ich fürchte allerdings, es wird nichts Gutes sein. Aber das ist erst mal egal, darum kümmern wir uns heute Nachmittag. Jetzt musst du für mich in die Schule gehen. Hier, das habe ich für dich vorbereitet, hab die halbe Nacht lang dran gesessen.«

Sie drückt mir einen Haufen Papier in die Hand.

»Da steht alles drin, was du wissen musst«, erklärt sie. »Mein Stundenplan, die Namen der Lehrer, ein Lageplan der Räume, meine Sitzplätze in den Räumen, eine Wegbeschreibung zur Schule und ein paar Notizen zu Leuten, die dich eventuell anquatschen. Wäre super, wenn du das noch vorher auf dem Weg lesen und dir merken könntest.«

»Ich soll gleichzeitig laufen und lesen? Das klingt gefährlich.«

»Du wirst es überleben. Du musst wenigstens die erste Seite lesen, damit du gut ankommst. Den Rest kannst du auch heimlich im Unterricht lesen. Aber lass dich nicht erwischen. Die Schmitt hat mich in Bio sowieso schon auf dem Kieker.«

»Keine Sorge, das kriege ich schon irgendwie hin«, sage ich.

»Muss *ich* denn auf irgendwas Besonderes achten?«, will Lilly wissen.

»Öh … keine Ahnung«, antworte ich. »Nie melden und nicht am Unterricht beteiligen. Das wäre meine Spezialität, sagt der Holzapfel immer. Und sonst frag einfach Aaron und Gustav, die helfen dir bestimmt.«

»Okay, mach ich. Dann hoffen wir mal, dass alles gut geht. Du kommst dann nach der Schule direkt hoch in dein Zimmer? Du hast erst um drei Uhr aus, Essen gibt's in der Schule, steht auch alles da drin.«

»Alles klar, mach ich«, sage ich.

»Ach so, gib mir bitte noch mein Handy, es müsste in der Innentasche stecken, das hab ich gestern total vergessen.«

Ich krame das Handy aus der Tasche und reiche es ihr.

»Du weißt, in welche Richtung du laufen musst?«, fragt Lilly. »Am Sportplatz vorbei.«

»Ja, das weiß ich. Bis heute Nachmittag dann.«

Ich will gerade loslaufen, als Lilly mich zurückhält.

»Äh … Du willst doch nicht wirklich den Wischmopp mit in die Schule nehmen, oder?«

»Ach so. Nein, eigentlich nicht. Aber was mache ich denn damit?«

»Gib her«, sagt Lilly. »Ich stelle ihn in irgendeine Ecke in der Schule. Onkel Wolfram hat so viele davon, das fällt gar nicht auf.«

»Okay, super«, sage ich und gebe Lilly den Wischmopp. »Dann bis später.«

»Ja. Und wenn du Chiara siehst, darfst du sie gern in eine Kakerlake verwandeln und zertreten.«

Sie zwinkert mir grinsend zu.

»Sehr witzig«, sage ich und grinse zurück. »Woran erkenne ich sie denn?«

»Blond, sehr schlank, rote Brille. Sie trägt meistens einen Pferdeschwanz. Das unsympathischste Mädchen auf dem Schulhof. Aber geh ihr am besten aus dem Weg, wenn du sie siehst, das gibt doch nur Ärger.«

»Alles klar, mach ich.«

Ich laufe los in Richtung Sportplatz und werfe

einen Blick auf die Wegbeschreibung. Ja, das finde ich, sieht ganz einfach aus. Wenn nur dieser Ranzen nicht so schwer wäre. Und kalt ist es auch. Das ist mir gestern Abend vor Aufregung gar nicht so aufgefallen. Es ist mein erstes Mal hier oben ohne meine Höllenklamotten. Das meint Gustav also, wenn er sagt, er friert. Unangenehmes Gefühl.

Ich laufe etwas schneller und zehn Minuten später bin ich da. Das ist also Lillys Schule? Ganz schön hässlich, das ist eigentlich nur ein grauer Kasten mit Fenstern. Überall wuseln Leute herum, viel mehr als in St. Fidibus. Und es sind so viele Mädchen darunter, bestimmt die Hälfte der Leute sind Mädchen. Das ist völlig anders als bei uns in St. Fidibus. Mir wird ein bisschen mulmig. Natürlich kenne ich hier überhaupt niemanden. Oder doch. Das Rugby-Team, das kenne ich. Vielleicht sehe ich ja den Anführer Schranke irgendwo – ein vertrautes Gesicht würde mir jetzt irgendwie guttun.

Ich werfe noch einen Blick auf den Plan. Okay, da drüben muss ich rein, dann gleich die Treppe hoch, Raum 104.

Als ich ankomme, stehen bereits einige Schüler vor der Tür. Ich stelle mich dazu, um mich herum rücken sofort alle drei Schritte von mir weg. Hm, seltsam. Ich bewege mich wieder näher zu den anderen heran, sie rücken erneut zwei bis drei Meter von mir ab und tuscheln dabei. Ich schnappe ein paar Wortfetzen auf, unter anderem fällt der Begriff Läuse-Lilly. Ach, stimmt ja, die Sache mit dem Foto und den Läusen. Na, das ist schnell aufgeklärt.

»Ihr könnt ruhig stehen bleiben!«, sage ich laut. »Lilly hat keine Läuse! Äh, ich meine, *ich*! *Ich* habe keine Läuse!«

»Du siehst aber so aus«, sagt ein Mädchen und rückt mit angewidertem Blick noch ein Stück von mir weg.

»Nee, echt nicht!«, sage ich und laufe ihr hinterher. »Hier, guck! Keine einzige Laus!«

Ich halte ihr Lillys Haare ins Gesicht, sie nimmt laut quiekend Reißaus.

»Ihr könnt mir ruhig glauben!«, sage ich und versuche es bei einer Dreiergruppe Mädchen. »Ich habe keine Läuse!«

Sie schreien angewidert und stolpern rückwärts davon, eine von ihnen fällt sogar über einen auf dem Boden stehenden Ranzen.

»Bleib weg von mir!«, quiekt sie. »Ich will deine Läuse nicht!«

Hm, sehr seltsam. Wie sind die denn drauf? Ich habe jetzt doch schon mehrmals gesagt, dass ich keine Läuse habe. Wieso glauben sie mir nicht? Nur weil sie irgendein Foto auf WhatsApp gesehen haben, auf dem mit Sicherheit gar keine Läuse zu erkennen waren? Kapier ich nicht. Aber es macht mich irgendwie … nein, wütend ist das falsche Wort. Lilly war wütend. Aber das ist es nicht. Ärgerlich? Ja, schon eher. Es ärgert mich, dass diese Mädchen so reagieren. Weil es unfair ist. Lilly hat nichts getan und trotzdem rennen alle vor ihr weg. Das ist kein schönes Gefühl, weil man so machtlos dagegen ist.

Eine Lehrerin kommt und schließt die Tür auf. Ich schaue noch schnell auf meine Zettel. Ah ja, das ist Frau Gugelhupf, Mathe. Na super, eine fremde Schule, Mitschülerinnen, die vor mir wegrennen, und dann auch noch Mathe – viel schlimmer kann dieser Tag eigentlich nicht werden.

Wieder Luzie?

»Wie viel Zeit braucht ein Minutenzeiger, um einen Winkel von neunzig Grad zu erreichen, wenn die Uhr auf zwölf steht?«, fragt der Holzapfel.

Ich melde mich.

»Vitus?«, fragt der Holzapfel verwundert. »Musst du mal zur Toilette?«

Nein, ich muss nicht zur Toilette. Und ich bin auch nicht Vitus. Ich bin noch nicht mal Luzie. Ich bin Lilly.

Ja, ich weiß, ich soll mich nicht am Unterricht beteiligen, das haben Aaron und Gustav mir noch mal ausdrücklich verboten. Aber wenn ich mich eben nicht gemeldet hätte, wäre ich mit Sicherheit eingeschlafen. Unterricht ist schrecklich langweilig, wenn man einfach nur dasitzt und nichts macht – das wäre auf Dauer nichts für mich. Ganz davon abgesehen, dass ich heute Nacht sowieso kaum geschlafen habe. Zuerst hat Cornibus mich genervt, weil er alle zwei Minuten wissen wollte, ob ich wieder Luzie bin, und als ich ihn dann endlich mit Schokolade ruhiggestellt hatte, fing er an zu schnarchen wie ein Sägewerk. Außerdem war das alles so ungewohnt, Luzies Zimmer, dieser seltsame Körper, der

fremde Geruch überall. Ich bin sogar mitten in der Nacht noch duschen gegangen, um Luzies muffigen Gestank abzuwaschen, aber eine halbe Stunde später kroch er mir wieder in die Nase. Stinken eigentlich alle Jungs so oder liegt das nur daran, dass Luzie aus der Hölle kommt? Irgendwie riecht es in diesem Klassenzimmer schon anders als bei uns. Das kann ja eigentlich nur daher kommen, dass hier ausschließlich Jungs sind, oder? Ich bin jedenfalls froh, wenn dieser seltsame Körpertausch sich wieder erledigt hat und ich in meine Schule zurückkann – wobei es auch ganz angenehm ist, heute mal nicht dieser blöden Kuh Chiara begegnen zu müssen.

»Vitus?«, hakt der Holzapfel nach, weil ich noch nicht geantwortet habe. »Toilette?«

»Äh, nein«, sage ich schnell. »Ich muss nicht.«

»Dann hast du wahrscheinlich eine Frage?«

»Nein, ich wollte *Ihre* Frage beantworten«, sage ich.

»Oh! Das ist neu!«, sagt der Holzapfel überrascht. »Dass ich das noch erleben darf. Ich glaube, du hast noch nie eine Frage freiwillig beantwortet. Oder richtig. Dann schieß mal los, ich bin gespannt.«

»Der Minutenzeiger braucht fünfzehn Minuten, um einen Winkel von neunzig Grad zu erreichen«, sage ich.

Das ist echt Pipifax, so was haben wir bei mir an der Schule schon im letzten Halbjahr gerechnet.

»Äh … das stimmt«, sagt der Holzapfel und kratzt sich verwundert am Hinterkopf. »Dann bleibt allerdings noch eine Frage offen: Wer bist du und was hast du mit Vitus gemacht?«

Ich weiß, das sollte ein Witz sein, deswegen lache ich kurz auf. Am lustigsten daran finde ich allerdings, dass er keine Ahnung hat, wie nah an der Wahrheit er damit liegt.

»Aaron und ich haben Vitus Nachhilfe gegeben«, meldet sich Gustav zu Wort. »Wir haben gestern den ganzen Nachmittag mit ihm gelernt.«

»Aha«, sagt der Holzapfel lachend. »Das erklärt es natürlich. Wobei das natürlich ein schlechtes Licht auf mich wirft. Offenbar seid ihr viel bessere Lehrer als ich. Bei mir hat er noch nie etwas kapiert.«

»Das liegt nicht an Ihnen, Herr Holzapfel«, sagt Aaron. »Wir haben mit dem Belohnungsprinzip gearbeitet. Für jede richtige Antwort gab es ein Stück Schokolade. Schokolade.«

»Ach so«, sagt der Holzapfel grinsend. »Das kann ich mir mit

meinem Lehrergehalt leider nicht leisten. Aber gut zu wissen, dass es eine Methode gibt, die bei Vitus funktioniert – ich habe mich schon gefragt, ob ihm überhaupt jemand etwas beibringen kann.«

Ein Großteil der Jungs lacht. Ich weiß zwar nicht, wie Luzie das empfindet, aber ich finde es gerade nicht schön, als Dummkopf ausgelacht zu werden. Das muss schon sehr schwer für ihn sein. Er war ja noch nie auf einer Schule, immer nur da unten in der Hölle. Er kennt das alles überhaupt nicht, das Lernen, die ganzen

Regeln, blöde Mitschüler, und bis vor Kurzem hatte er ja noch nicht mal jemanden, den er um Hilfe bitten konnte. Ich weiß, wir lachen auch immer, wenn er etwas besonders Dämliches sagt, daran wird sich auch wahrscheinlich nichts ändern, wir meinen es ja nicht böse. Aber eigentlich ist es ziemlich unfair, über ihn zu lachen. Er ist ja nicht dumm, er weiß nur einfach ganz viele Sachen nicht, die für uns selbstverständlich sind. Wir müssten ihm in dieser Beziehung mehr helfen, gerade ich als seine Schwester. Vielleicht kann ich ihm ja auch in irgendeinem Fach Nachhilfe geben? Muss ich ihn mal fragen. Aber erst, wenn ich wieder in meinem Körper bin. Und in meinen Klamotten. Die hier riechen irgendwie immer leicht nach verfaulten Eiern, das ist echt kaum auszuhalten.

»Aber egal, ob mit Bestechung oder sonst wie, macht bitte weiter damit«, wendet sich der Holzapfel an Aaron und Gustav. »Dann besteht eventuell doch noch die Hoffnung, dass Vitus versetzt wird. Da fällt mir ein …«

Er geht kurz ans Lehrerpult und kramt in seiner Tasche.

»Ich hatte doch noch …«, murmelt er. »Ah, da ist er ja!«

Er zieht einen Schokoriegel hervor und drückt ihn Gustav in die Hand.

»Hier. Dann kann ich wenigstens behaupten, auch einen kleinen Anteil zum Lernfortschritt beigetragen zu haben«, sagt er grinsend.

»Danke«, sagt Gustav und nimmt den Schokoriegel entgegen. »Das sollte für eine kleine Winkelberechnung reichen.«

Der Unterricht geht weiter. Ich melde mich noch zweimal und werde auch drangenommen – mehr wäre wahrscheinlich übertrieben gewesen.

Als es zur Pause klingelt, schnappe ich mir Aaron und Gustav und wir ziehen uns in eine stille Ecke des Pausenhofs zurück.

»Tut mir leid«, sage ich. »Ich musste mich einfach melden, sonst wäre ich eingeschlafen.«

»Ist ja noch mal gut gegangen«, sagt Gustav. »Du solltest es aber nicht übertreiben. Wir haben gleich Deutsch, da hat sich Luzie auch noch nie beteiligt.«

»Vielleicht könnte ich ihm ja in Deutsch Nachhilfe geben«, sage ich. »Da bin ich ziemlich gut.«

»Er kann es auf jeden Fall gebrauchen«, seufzt Gustav. »In jedem Fach.«

»Und ihr besticht ihn wirklich mit Schokolade?«, will ich wissen.

»Nein«, antwortet Aaron. »Das habe ich nur schnell erfunden, damit der Holzapfel nicht noch misstrauischer wird. Das würde auch gar nicht funktionieren, Luzie hat selbst mehr als genug Schokolade. Schokolade.«

»Jetzt nicht mehr«, sage ich. »Ich habe alles an Cornibus verfüttert, weil er mich heute Nacht so genervt hat.«

»Wieso? Was hat er denn gemacht?«, will Gustav wissen.

»Wieder Luzie?«, lässt mich eine Stimme direkt neben meinem Ohr erschreckt zusammenzucken. »Wieder Luzie? Wieder Luzie?«

Ich werfe einen Blick auf meine Schulter. Dort sitzt ein wunderschöner, farbenprächtiger Schmetterling – mit zwei kleinen Hörnchen.

»Wieder Luzie? Wieder Luzie? Wieder Luzie?«

»Genau *das* hat er gemacht«, sage ich seufzend. »Und zwar die halbe Nacht lang.«

»Wieder Luzie? Wieder Luzie? Wieder Luzie?«

»Nein, ich bin nicht wieder Luzie«, sage ich. »Und *du* solltest nicht hier sein. Hat dir Luzie nicht verboten, das Zimmer zu verlassen, während er im Unterricht ist?«

»Luzie nicht da. Also Luzie nicht verboten.«

»Dann verbiete *ich* es dir eben«, erwidere ich. »Flieg schnell zurück ins Zimmer. Aber verwandle dich in irgendwas Unauffälligeres. Es ist Winter, da flattern keine bunten Schmetterlinge durch die Gegend.«

»Wo Luzie? Cornibus Luzie suchen! Schmetterding auch ohne bunt!«

Er wechselt die Farbe von Bunt zu Schwarz.

»Nein, du suchst jetzt nicht Luzie!«, sage ich. »Du musst ihn gar nicht suchen, wir wissen doch, wo er ist. Es geht ihm gut, mach dir keine Sorgen.«

Zumindest hoffe ich, dass es ihm gut geht. Wenn ich mitkriege, wie ahnungslos er schon hier an der Schule ist, dann dürfte das bei mir noch hundertmal schlimmer für ihn sein.

»Wann zurück? Wann Luzie zurück?«

»Er ist in ein paar Stunden wieder da, Cornibus«, sagt Aaron. »Du musst dir wirklich keine Sorgen machen. Machen.«

»Flieg bitte zurück aufs Zimmer«, sage ich. »Ich komm dann gleich nach dem Mittagessen. Und ich bring dir Schokolade mit. Aber nur, wenn du jetzt sofort verschwindest, bevor dich noch jemand sieht.«

»Auch Zitter-Schlotzolade?«

Ich schaue Aaron fragend an, weil ich nicht weiß, was Cornibus meint.

»Zartbitter-Schokolade«, erklärt Aaron. »Das ist seine Lieblingssorte. Lieblingssorte.«

»Ja, von mir aus auch Zartbitter, kein Problem«, sage ich. »Aber nur, wenn du sofort abzischst und brav im Zimmer bleibst.«

»Cornibus zischt! Aber Lully nicht vergessen!«

»Nein, versprochen«, sage ich.

Er flattert davon in Richtung Gebäude.

»Was Luzie wohl gerade macht?«, fragt Gustav.

Ich werfe einen Blick auf meine Uhr.

»Bei uns ist die Pause schon vorbei, wir fangen zehn Minuten früher an«, sage ich. »Er sitzt hoffentlich gerade in Bio und baut keinen Mist.«

»Darauf würde ich mich nicht verlassen«, erwidert Gustav. »Luzie baut fast immer Mist, wenn auch meistens unabsichtlich.«

»Er kennt sich einfach viel zu wenig aus hier oben«, stelle ich fest. »Wir müssen ihm unbedingt noch ein paar grundlegende Dinge beibringen. Aber erst, wenn diese blöde Sache mit dem Körpertausch vorbei ist. Sollen wir langsam wieder reingehen?«

Aaron und Gustav nicken.

Wir laufen gerade los, als mein Handy in meiner Hosentasche kurz vibriert. Ich ziehe es hervor und schalte es ein.

»Du hast Empfang hier?«, fragt Gustav verwundert. »Hasenfuß sagt doch immer, es gäbe auf dem gesamten Schulgelände keinen Internetempfang.«

»Bei uns in der Wohnung geht's«, antworte ich, während ich auf das Handy schaue. »Wahrscheinlich sind wir gerade nah genug dran. Manchmal klappt's sogar in … Oh, verdammt!«

Das darf nicht wahr sein. Das glaub ich einfach nicht.

»Was denn?«, fragt Gustav.

Ich strecke Aaron und ihm mein Handy entgegen. In meiner Volleyball-WhatsApp-Gruppe ist ein Foto aufgetaucht. Von Chiara. Also, sie hat es geschossen. Darauf zu sehen ist Luzie.

Oder besser gesagt: ich. Und ich sehe alles andere als vorteilhaft aus.

»Auweia«, stöhnt Gustav. »Das ist nicht gut.«

»Ich würde sogar sagen, das ist eine Katastrophe. Katastrophe«, fügt Aaron hinzu.

»Dieser verdammte Vollidiot!«, fluche ich. »Ich hatte ihm doch extra gesagt, er soll sich von dieser hinterhältigen Kuh fernhalten!«

Okay, das war's dann für mich. Ich kann nie wieder in meine Schule gehen. Ob mein Vater mich in der Hölle aufnimmt? Schlimmer kann es da unten jedenfalls auch nicht sein. Luzie, du bescheuerter Volltrottel!

Drei Meter Abstand

So, die ersten zwei Stunden Unterricht habe ich ohne Probleme hinter mich gebracht, es hat gerade zur Pause geklingelt.

Was macht man denn hier in der Pause? Ich folge der Masse nach draußen auf den Schulhof. Okay, das scheint ähnlich abzulaufen wie bei uns. Alle stehen irgendwo in kleinen Gruppen herum und unterhalten sich.

Mein Magen knurrt. Das heißt, Lillys Magen knurrt, aber das macht in diesem Fall keinen Unterschied – ich habe Hunger! Ob es hier auch einen Hausmeister gibt, der in der Pause Sachen verkauft? In Lillys Plan stand nichts davon. Ich sehe mich um. Rechts von mir hat sich eine Schlange vor einem offenen Fenster gebildet. Die Leute, die von dort kommen, haben alle etwas zu essen in der Hand. Das sieht gut aus, da gehe ich mal hin.

Als ich mich hinten anstelle, rücken alle sofort ein Stück von mir weg. Sie fangen an zu tuscheln und verziehen angewidert die Gesichter. Meine Güte, denkt denn echt *jeder* hier, dass ich Läuse habe? Nur weil sie ein Foto gesehen haben mit einer Überschrift, in der das einfach jemand behauptet, obwohl es gar nicht stimmt? Die spinnen doch alle. Ich beschließe, es einfach zu ignorieren, und rücke mit der Schlange langsam vorwärts.

Als ich näher an das Fenster komme, sehe ich, was es dort alles zu kaufen gibt. Oh, es gibt fertig belegte Brötchen. Und jede Menge Schokoriegel. Und Getränke. Gleich bin ich dran, mir läuft jetzt schon das Wasser im Mund zusammen.

»Ich hätte gerne drei von den Brötchen«, sage ich zu dem Mann hinter dem Fenster, als niemand mehr vor mir steht. »Und fünf Schokoriegel. Und zwei von den Flaschen da. Ach, packen Sie lieber gleich fünf Brötchen ein, ich habe echt Kohldampf.«

»Was hast du vor?«, ertönt eine Stimme hinter mir. »Willst du dir die Läuse wegfressen?«

Ich drehe mich um. Hinter mir steht ein Mädchen. Pferdeschwanz, blond, rappeldürr, rote

Brille – ich hatte sie mir zwar anders vorgestellt, aber das müsste diese Chiara sein. Lilly hat gesagt, ich soll ihr am besten aus dem Weg gehen. Das hat wohl leider nicht geklappt.

»Ich habe keine Läuse«, sage ich. »Und das weißt du ganz genau.«

»Das würde ich an deiner Stelle auch behaupten«, erwidert sie. »Deine Haare behaupten allerdings das Gegenteil. War wohl ’ne wilde Läuseparty da oben heute Nacht. Schon mal was von der Erfindung der Bürste gehört? Oder des Shampoos? Das soll auch helfen, vor allem gegen Läuse.«

»Wie oft soll ich es noch sagen?«, erwidere ich. »Ich habe keine …«

»Das macht vierzehn fünfzig«, unterbricht mich der Mann hinter dem Fenster.

»Ach so, ja, Moment«, sage ich.

Ich greife in meine linke hintere Hosentasche, wo ich immer ein paar Geldscheine stecken habe. Verdammt. Das ist ja gar nicht *meine* Hosentasche – das ist Lillys Hosentasche. Und die hat dort offenbar keine Geldscheine drin. Vielleicht in einer der anderen Taschen? Meine Hände wandern in alle Taschen, die Lillys Klamotten haben. Ich finde jede Menge Cornflakes, einen Schlüsselbund und ein Taschentuch, aber leider kein Geld.

»Heute noch?«, drängt der Mann hinter dem Fenster. »Da wollen noch andere was kaufen.«

»Äh … tut mir leid«, sage ich. »Ich glaube … Ich habe mein Geld wohl zu Hause vergessen. Könnte ich es Ihnen vielleicht morgen geben?«

»Keine Kartenzahlung, kein Kredit«, erwidert der Mann. »Steht sogar in der Schulordnung, solltest du vielleicht mal lesen. Der Nächste!«

»Husch, husch, verschwinde!«, sagt Chiara und wedelt mich mit beiden Händen beiseite. »Du solltest in diesem Zustand sowieso mindestens drei Meter Abstand zu Nahrungsmitteln halten. Niemand mag Läuse im Essen.«

»Ich habe aber keine Läuse«, knurre ich, weil mir diese Chiara langsam echt auf die Nerven geht.

Ich meine, was soll das denn? Was hat sie davon, ständig dasselbe zu behaupten, obwohl es nicht stimmt? Kapier ich nicht.

»Falsch«, erwidert sie, während ihr der Mann hinter dem Fenster eine Flasche Wasser verkauft. »Läuse hast du definitiv. Was du offensichtlich *nicht* hast, ist Geld, um etwas zu essen zu kaufen. Aber das ist vielleicht ganz gut so. Du bist eh zu fett.«

Bin ich das? Äh, ich meine, ist Lilly das? Das ist mir noch nie aufgefallen. Wer bestimmt denn, wann man zu fett ist? Und ist das irgendwie wichtig? Ich finde ja eher, dass diese Chiara viel zu dünn ist. Ihre Arme und Beine sind so dürr, die brechen bestimmt ganz leicht, das ist doch gefährlich. Vielleicht hat sie ja auch kein Geld, um sich etwas zu essen zu kaufen und ist deshalb so gemein, weil sie ständig hungrig ist?

Ich greife in eine von Lillys Taschen und ziehe eine Handvoll Cornflakes heraus.

»Hier«, sage ich und strecke sie ihr entgegen. »Nimm ruhig, ich habe genug davon.«

»Iiiih«, quiekt sie angewidert. »Was ist das denn?«

»Cornflakes«, sage ich. »Ganz frisch von heute Morgen. Die sind zwar nicht so lecker wie Schokolade, machen aber auch satt.«

»Du hast Cornflakes in der Hosentasche?«, erwidert sie angeekelt. »Das ist ja widerlich, die kann man doch nicht essen.«

»Doch, klar kann man die essen«, sage ich. »Hier, guck.«

Ich stopfe mir die Handvoll Cornflakes in den Mund. Einige bleiben an meiner Hand kleben, aber ich schlecke sie einfach mit der Zunge ab.

»Siehft du?«, sage ich kauend. »Ift ganf einfach. Willft du? Ich hab noch ganf viele.«

Ich ziehe noch eine Handvoll aus der Hosentasche und halte sie ihr hin.

»Äh … nein danke«, sagt sie und zückt ihr Handy. »Wenn ich etwas ganz bestimmt nicht will, dann sind das schweißnasse, matschige Cornflakesbrösel. Ich dachte ja, du hast nur Läuse, aber offenbar leidest du auch noch unter einer extrem ekelhaften Essstörung. Das muss dokumentiert werden.«

Sie richtet das Handy auf mich. Ah, okay, sie will ein Foto von mir machen. Wie war das noch? Gustav hat mir neulich erklärt, dass man immer lächeln soll, wenn jemand ein Foto schießt. Gar nicht so einfach mit vollem Mund, aber ich kriege es hin.

»War daf gut fo?«, frage ich.

»Das war perfekt«, sagt Chiara grinsend und tippt auf ihrem Handy herum.

»Kann ich'f mal fehen?«

»Das siehst du noch früh genug. Und alle anderen auch, auf WhatsApp.«

Oh, das Foto ist also so gut geworden, dass sie es gleich teilt? Na, dann bin ich ja mal gespannt, das wird Lilly sicher freuen.

»Fuper!«, sage ich und strecke den Daumen hoch. »Vielen Dank!«

»Äh … nichts zu danken«, sagt Chiara lachend und tippt sich mit einem Finger an die Stirn. »Du bist echt nicht ganz sauber, Lilly.«

Wie, nicht ganz sauber? Wo denn? Ach so, da kleben noch ein paar Cornflakeskrümel um meinen Mund herum. Ich wische sie schnell mit dem Ärmel ab.

»Alles klar!«, rufe ich Chiara nach. »Jetzt bin ich wieder sauber! Danke für den Hinweis!«

Sie läuft lachend weiter.

Ich weiß gar nicht, wieso Lilly sich so über sie aufregt, sie ist doch eigentlich ganz nett. Na ja, Lilly ist manchmal etwas aufbrausend, wahrscheinlich hat sie nur etwas in den falschen Hals gekriegt. Vielleicht konnte ich ja dazu beitragen, dass die beiden sich in Zukunft besser verstehen.

Es klingelt, die Pause ist vorbei. Okay, als Nächstes habe ich Bio bei Frau Schmitt. Aha, es gibt einen speziellen Bio-Raum hier, der ist im Untergeschoss.

Ich mache mich auf den Weg nach unten. Lillys Magen knurrt wieder, die Cornflakes haben nicht gereicht. Hoffentlich brauche ich für das Mittagessen kein Geld. Sonst müssen meine Schokoladenvorräte dran glauben, wenn ich heute Nachmittag zurückkomme. So lange halte ich notfalls noch durch. Vom Hunger einmal abgesehen lief es bis jetzt aber doch super – Lilly wird stolz auf mich sein!

Aus einem Walhintern

Wie bitte, was? Wer klingelt denn da? Was ist das für ein Lärm hier? Ruhe! Lasst mich schlafen! Ich öffne blinzelnd meine Augen. Oh. Das war die Schulklingel. Um mich herum sind alle schon aufgestanden. Ich beuge mich nach vorne und … Moment mal. Was ist das denn für ein komischer Geschmack in meinem Mund? Da ist was drin, was da nicht reingehört. Ich spucke es aus, es sind lauter kleine Papierkugeln. Und ein Radiergummi ist auch dabei. Das Zeug muss mir irgendjemand in den Mund gesteckt haben, als ich geschlafen habe. Aber wieso? Vielleicht dachte jemand, ich habe Hunger? Das ist ja sehr nett, aber ich mag keine Radiergummis, Schokolade wäre mir lieber gewesen. Um mich herum fangen alle an zu lachen. Oh, das ist ein gutes Zeichen! Lachen ist viel besser, als angeekelt zu gucken und einen Bogen um mich zu machen. Das bedeutet, die Sache mit den Läusen hat sich erledigt. Da wird Lilly aber froh sein.

Ich packe meine Sachen zusammen und stehe auf. Endlich ist dieser verflixt lange Schultag vorbei. Die spinnen echt hier. Sechs Stunden Unterricht sind doch nun wirklich mehr als genug, da muss man nicht noch zwei hintendran hängen. Vor allem nicht direkt nach dem Mittagessen, da ist doch jeder hundemüde. Ich war es jedenfalls.

Für das Mittagessen musste ich nichts bezahlen, dafür waren die Portionen aber ziemlich mickrig. Mein Teller war nach drei Minuten leer, danach hatte ich immer noch einen Riesenhunger. Ich wollte mir noch einen holen, es gab aber nur einen pro Schüler. Zum Glück haben einige an meinem Tisch nicht aufgegessen, die Teller habe ich mir dann einfach geschnappt und die Reste verputzt. Das fanden auch alle gut, die meisten haben sogar vor Freude gelacht. Wahrscheinlich, weil ich sie davor bewahrt habe, bei uns in Abteilung 92 zu landen. Da sitzen die Essensverschwender. Sie müssen all das essen, was unsere Dämonen in der Cafeteria auf den Boden fallen lassen. Und da fällt eine ganze Menge auf den Boden. Verschimmelte Kakerlaken, Schwefelsuppe mit Lavabrocken, Eiterbrötchen und noch viel ekelhaftere Sachen. Das wird immer gesammelt und in Abteilung 92 gebracht, wo die Insassen pausenlos von Tellern essen müssen, die nie leer werden.

Heute Mittag waren irgend-

wann alle Teller an meinem Tisch leer und ich war endlich satt. Ich sah dann wohl sogar so zufrieden aus, dass Chiara unbedingt ein Foto von mir machen wollte, das fand ich wieder sehr nett. Allerdings war ich danach im Unterricht offenbar so müde, dass ich sehr schnell eingeschlafen bin. Aber egal, jetzt ist dieser elend lange Schultag ja vorbei und ich kann endlich zurück zu Lilly und den anderen.

Eine Viertelstunde später betrete ich gerade den Flur zu meinem Zimmer, als mir Gustav von hinten auf die Schulter klopft.

»Und?«, fragt er. »Lief ja nicht so super an Lillys Schule. Mach dich auf was gefasst, sie ist stinksauer.«

»Was, echt?«, frage ich verwundert. »Wieso denn? War doch alles super. Ich hab sogar dafür gesorgt, dass es keinen Ärger mehr mit dieser Chiara gibt.«

»Das sah auf Lillys Handy aber nicht so aus«, erwidert Gustav. »Wie gesagt: Mach dich auf was gefasst. Heute Morgen wollte sie dir noch den Kopf abreißen. Aber vielleicht hat sie sich ja mittlerweile beruhigt.«

Wie bitte? Lilly will mir den Kopf abreißen, weil sie irgendwas auf ihrem Handy gesehen hat? Kapier ich nicht. Ach, wahrscheinlich spinnt sie nur einfach mal wieder.

Als wir vor meinem Zimmer ankommen, öffnet sich Aarons Tür gegenüber.

»Ah, da komme ich ja genau richtig«, sagt er. »Hast du Luzie schon auf seine Hinrichtung vorbereitet? Vorbereitet?«

»Ja«, sagt Gustav grinsend. »Wobei, das hört sich irgendwie so an, als hätte sich Lillys Laune stark gebessert, oder?«

Aus meinem Zimmer ist ein fröhliches Pfeifen zu hören. Und jetzt singt sogar jemand.

»LA-LA-LAAA! ICH BIN SOOOOO COOL! LA-LA-LAAA!«

Das ist *meine* Stimme. Und sie klingt ganz schrecklich, ich kann nämlich überhaupt nicht singen.

Ich öffne ganz langsam die Tür und betrete mein Zimmer, Aaron und Gustav folgen mir. Lilly steht vor dem Spiegel, der sich in meiner Schranktür befindet. Sie pfeift fröhlich weiter und bemerkt uns nicht – bis Aaron und Gustav anfangen, laut zu lachen. Mir ist nicht zum Lachen, im Gegenteil. Wer sich selbst so sehen muss, dem vergeht jedes Lachen.

»Ah, da seid ihr ja«, sagt Lilly grinsend. »Na, wie gefällt euch mein neuer Look?«

Neuer Look? Das ist kein neuer Look. Das ist die größte Klamottenkatastrophe, die jemals ein menschliches Auge gesehen hat. Oder ein dämonisches, egal. Sie trägt eine weiße Hose, die kurz über den Knien aufhört. Und eine viel zu große rosa Jacke. Und darunter ein oranges T-Shirt mit einem lächelnden Einhorn drauf. So was würde bei uns unten nicht mal der fieseste Dämon anziehen, wenn er seinen ärgsten Feind erschrecken wollte. Und was hat sie bloß mit meinen Haaren gemacht? Die sehen aus, als hätte jemand einen Topf flüssiges Fett drübergekippt. Hat sie die etwa an den Kopf geklebt?

Während Aaron und Gustav sich vor Lachen auf dem Boden kugeln, kann ich nichts anderes tun, als wie gelähmt dazustehen.

»Luzie wieder da!«, jubelt Cornibus und hüpft vom Bett in meine Arme. »Cornibus Luzie vermisst! Und Schlotzolade! Alle alle! Neue mitgebracht?«

»Nicht jetzt, Cornibus«, sage ich und setze ihn auf dem Boden ab. »Erst muss ich mich um *das da* kümmern.«

Ich gehe zwei Schritte auf Lilly zu.

»Was … Was soll denn das?«, frage ich, nach Fassung ringend.

»Was meinst du?«, erwidert Lilly lächelnd. »Die neuen Klamotten? Ich dachte, ich tu dir mal was Gutes, wenn ich schon in deinem Körper stecke. War ja auch längst überfällig, dass mal ein bisschen Abwechslung in deine Garderobe kommt. Immer das gleiche stinkende T-Shirt, das macht ja auf Dauer auch keinen Spaß. Und du kannst farblich ruhig mal ein bisschen was wagen, finde ich. Sieht super aus, oder?«

Sie dreht sich einmal um mich selbst und lächelt mich an. Okay, ich kann mich nicht länger beherrschen.

»NEIN, SIEHT ES NICHT!«, schreie ich sie an. »ICH SEHE AUS WIE EIN FARBENBLINDER CLOWN! DU TICKST DOCH NICHT MEHR GANZ RICHTIG! ZIEH DAS SOFORT AUS!«

»Was denn, es gefällt dir nicht?«, erwidert Lilly überrascht. »Aber guck doch mal, das tolle T-Shirt! Das steht dir total super!«

»DA IST EIN EINHORN DRAUF!«, brülle ich.

»Ja, voll süß, nicht wahr? Und es sieht auch total cool aus, oder?«

»NEIN, SIEHT ES NICHT! ES IST EIN EINHORN! UND WAS HAST DU DENN BITTE SCHÖN MIT MEINEN HAAREN GEMACHT? DIE SEHEN AUS, ALS WÄRE ICH GERADE AUS EINEM WALHINTERN GEKROCHEN!«

»Ach, jetzt stell dich nicht so an«, erwidert Lilly lachend. »Das trägt man hier oben so, davon hast du nur keine Ahnung. Da gewöhnst du dich ganz schnell dran. Vertrau mir, ich will dir doch nur helfen.«

»HELFEN? INDEM DU MICH VERUNSTALTEST? DAS SIEHT TOTAL BESCHEUERT AUS!«

Lillys Lächeln friert ein. Sie funkelt mich böse an.

»ACH JA?«, schreit sie mich an. »DAS SIEHT ALSO TOTAL BESCHEUERT AUS? ICH FINDE JA, ES SIEHT IMMER NOCH NICHT BESCHEUERT GENUG AUS! WEIL ES NÄMLICH NUR HALB SO BESCHEUERT AUSSIEHT WIE DAS HIER!«

Sie hält mir ihr Handy direkt vor die Nase. Dort ist ein Foto zu sehen. Es ist das Foto, das Chiara in der Pause von mir gemacht hat. Oh, das sieht tatsächlich ziemlich bescheuert aus, das hätte ich nicht gedacht. Aber da steht noch was drunter. Was steht denn da? *Die Läusekönigin beim Frühstück*? Kapier ich nicht.

»WAS HAST DU DIR DABEI GEDACHT?«, brüllt Lilly weiter. »UND WAS IST DAS ÜBERHAUPT, WAS ICH MIR DA IN DEN MUND STOPFE?«

»DAS SIND CORNFLAKES! DIE MUSSTE ICH ESSEN, WEIL DU MIR KEIN GELD MITGEGEBEN HAST!«

»DAS IST NOCH LANG KEIN GRUND, SICH DABEI VON CHIARA FOTOGRAFIEREN ZU LASSEN!«

»ICH WUSSTE JA NICHT, WAS SIE MIT DEM BILD MACHT! AUSSERDEM WAR SIE SEHR NETT!«

»DIE IST NICHT NETT! DAS IST EINE HINTERHÄLTIGE SCHLANGE! UND DAS HAB ICH DIR VORHER OFT GENUG GESAGT! ABER DU HÖRST JA NIE ZU! WEIL DU ZU DOOF ZUM ZUHÖREN BIST!«

»ACH JA? UND DU BIST ZU DOOF ZUM KLAMOTTENKAUFEN! DA HÄTTE MICH JA EIN BLINDER BESSER ANGEZOGEN!«

»OH MANN! UND WIEDER HAST DU WAS NICHT KAPIERT! DIE KLAMOTTEN SIND **ABSICHTLICH** SO HÄSSLICH! DAS HAB ICH GEMACHT, UM MICH AN DIR ZU RÄCHEN!«

»WIESO DENN AN **MIR**? DAS ERGIBT DOCH ÜBERHAUPT KEINEN SINN! ICH HAB DOCH GAR NICHTS GEMACHT! ICH HABE NUR CORNFLAKES GEGESSEN!«

»UND **MICH** DAMIT LÄCHERLICH GEMACHT!«

»JA, ABER DOCH NICHT …«

»Äh, jetzt wartet mal«, geht Gustav dazwischen. »Das bringt doch alles nichts. Ob Absicht oder nicht, jeder von euch hat irgendwie Mist gebaut. Ich würde einfach sagen, ihr seid quitt. Gebt euch die Hand und vertragt euch wieder, dann …«

»WIR SIND ABER NICHT QUITT!«, brüllt Lilly weiter. »WIR SIND ERST QUITT, WENN ICH MORGEN IN DIESEM AUFZUG IN DEN UNTERRICHT GEHE UND SICH ALLE DARÜBER KAPUTTLACHEN UND FOTOS MACHEN UND SIE IM INTERNET VERÖFFENTLICHEN! DANN SIND WIR QUITT! KEINE SEKUNDE VORHER!«

»DAS MACHST DU NICHT! DU WIRST DIESES ZIMMER AUF GAR KEINEN FALL IN DIESEN KLAMOTTEN VERLASSEN! UND SCHON GAR NICHT MIT DIESER FRISUR!«

»UND WIE ICH DIESES ZIMMER VERLASSEN WERDE! UND ZWAR WANN UND WIE ICH WILL! DU KANNST SOGAR DABEI ZUGUCKEN! UND ZWAR JETZT GLEICH!«

Sie stapft an mir vorbei auf die Tür zu. Ich halte sie am Arm zurück.

»LASS MICH LOS, DU BLÖDMANN!«, faucht sie mich an und reißt sich von mir los.

Ich setze ihr nach und halte sie wieder fest. Sie versucht, sich wieder loszureißen, und boxt mir auf den Arm. Ich boxe zurück, ein wildes Gezerre beginnt.

»Hey, das reicht!«, ruft Gustav und versucht, uns zu trennen. »Hört sofort auf damit!«

»SAG DAS DEM BLÖDMANN!«, keift Lilly. »ER HAT ANGEFANGEN!«

»HAB ICH GAR NICHT, DU DÄMLICHER DICKSCHÄDEL!«, wehre ich mich.

»VOLLIDIOT!«

»BLÖDE …«

»NOCH. EIN. TAG. NEUN. MINUTEN. UND. SECHSUNDVIERZIG. SEKUNDEN!«, unterbricht mich eine krächzende Stimme.

»Nicht jetzt, Cornibus«, zische ich.

»NOCH. EIN. TAG. NEUN. MINUTEN. UND. DREIUNDVIERZIG. SEKUNDEN!«

Moment mal. Was sagt er da? Und seine Stimme klingt auch irgendwie seltsam.

Lilly und ich lassen uns los und wir starren alle vier auf Cornibus. Er sitzt starr auf dem Bett und seine Augen blinken rot.

»NOCH. EIN. TAG. NEUN. MINUTEN. UND. VIERZIG. SEKUNDEN!«

»Was ist denn los mit ihm?«, fragt Lilly. »Hat er das öfter?«

»Nein, so etwas hat er noch nie gemacht«, sage ich besorgt. »Cornibus? Alles okay?«

»NOCH. EIN. TAG. NEUN. MINUTEN. UND. SIEBENUNDDREISSIG. SEKUNDEN!«

Ich gehe auf ihn zu und wedle mit den Händen vor seinen Augen herum, er reagiert nicht, seine roten Augen blicken starr durch mich hindurch.

»NOCH. EIN. TAG. NEUN. MINUTEN. UND. DREIUNDDREISSIG. SEKUNDEN!«

»Es wirkt, als sei er ferngesteuert. Ferngesteuert«, sagt Aaron.

»Was brabbelt er denn da die ganze Zeit?«, fragt Gustav. »Das klingt so verzerrt.«

»NOCH. EIN. TAG. NEUN. MINUTEN. UND. DREISSIG. SEKUNDEN!«

»Das ist ein Countdown. Countdown«, sagt Aaron.

»Stimmt«, sage ich. »Wie heute Morgen.«

Lilly schaut auf meine Uhr.

»Ja«, sagt sie. »Das passt auch zeitlich.«

»NOCH. EIN. TAG. NEUN. MINUTEN. UND. SIEBENUNDZWANZIG. SEKUNDEN!«

»Aber was hat das zu bedeuten?«, fragt Gustav. »Was passiert, wenn der Countdown bei null angelangt ist?«

»Keine Ahnung«, sage ich und zucke mit den Schultern. »Aber irgendwie fürchte ich, es wird nichts Gutes sein.«

»NOCH. EIN. TAG. NEUN. MINUTEN. UND. VIERUNDZWANZIG SE...«

Cornibus verstummt. Das Rot in seinen Augen erlischt, er sieht uns verwirrt an.

»Alles okay bei dir, Cornibus?«, frage ich.

»Was passiert?«, fragt er verwirrt. »Lully Streit. Alles dunkel. Cornibus geschlafen?«

»Nein, das war kein Schlaf«, sage ich. »Das war irgendwas anderes.«

»Lully Streit vorbei? Alle vertragen und Schlotzolade essen?«

Lilly und ich werfen uns einen Blick zu. Nein, es sieht nicht so aus, als sei dieser Streit beendet. Aber jetzt haben wir gerade andere Probleme, und die sind wichtiger.

»Später, Cornibus«, sage ich. »Du kriegst später eine große Tafel Schokolade ganz für dich alleine. Jetzt müssen wir erst mal rauskriegen, was es mit diesem Countdown auf sich hat.«

»Jede Wette, das hat etwas mit eurem Körpertausch zu tun«, sagt Gustav.

»Ja, das glaube ich auch«, stimmt Lilly ihm zu.

»Der ferngesteuerte Cornibus und die roten Augen lassen vermuten, dass jemand aus der Hölle involviert ist. Involviert ist«, sagt Aaron.

»Ja, das dachte ich auch schon«, stimme ich ihm zu. »Das kriegen wir raus.«

Ich gehe an meinen Nachttischschrank, hole die Uhr heraus, die Steven mir zur Kontaktaufnahme gegeben hat, und drücke auf den Knopf an der Seite. Es tutet eine Weile, dann erscheint Stevens Gesicht auf dem Display.

»Hallo, Luz… äh, Lilly?«, sagt er. »Sorry, mit dir hatte ich jetzt nicht gerechnet, du hast mich noch nie auf diesem Weg kontaktiert. Was ist denn los? Es gibt doch hoffentlich keine Probleme? Geht es Luzie gut?«

Lilly setzt sich neben mich.

»Ja, es geht ihm gut«, sagt sie. »Bis auf die Tatsache, dass er ein Vollidiot ist, natürlich.«

»Das sagt ja die Richtige«, knurre ich sie an.

»Äh … seid ihr sicher, dass es euch gut geht?«, fragt Steven skeptisch. »Ihr wirkt etwas verwirrt.«

»Nein, nein, mit uns ist alles okay«, sage ich. »Also, *fast* alles. Wir stecken nur im falschen Körper.«

»Genau«, fügt Lilly hinzu. »Ich bin Lilly und sie ist Luzie.«

»Oh«, sagt Steven. »Das stelle ich mir allerdings sehr verwirrend vor. Wie ist das denn passiert?«

»Das wissen wir nicht«, erkläre ich. »Es ging ganz plötzlich, auf einmal war ich in Lillys Körper und sie in meinem.«

»Hm, seltsam«, sagt Steven. »Habt ihr vielleicht mit irgendwelchen Dämonensprüchen herumexperimentiert?«

»Nein, gar nichts«, sage ich. »Wir haben nichts gemacht, das ist einfach so passiert.«

»Und jetzt taucht immer wieder ein Countdown auf«, fügt Lilly hinzu. »Er läuft ziemlich genau morgen um diese Uhrzeit ab, aber wir wissen nicht, was dann passieren wird.«

»Eben gerade hat Cornibus den Countdown laut vor sich hin gesagt«, sage ich. »Er war wie ferngesteuert und konnte sich hinterher nicht daran erinnern.«

»Das klingt ja sehr beunruhigend«, sagt Steven. »Und ihr glaubt, dass jemand von hier dahintersteckt?«

»Na ja, die Vermutung liegt nah«, antworte ich. »Deswegen wollte ich mal mit meinem Vater reden. Ist er zufällig gerade in der Nähe?«

»Er ist nebenan«, sagt Steven. »Aber er hat gerade sehr schlechte Laune. Er denkt, es ist kälter geworden in der Hölle, während er weg war. Wenn du mich fragst, bildet er sich das nur ein, aber mich fragt ja keiner. Warte, ich probier's mal … CHEF?«

»NICHT JETZT!«, erklingt die Stimme meines Vaters.

»LUZIE UND LILLY SIND AM TELEFON, CHEF! SIE HABEN EIN PROBLEM!«

»UND ICH HAB GERADE KEINE ZEIT! SOLLEN RUNTERKOMMEN!«

»Ihr habt ihn gehört?«, wendet sich Steven wieder an uns.

»Ja«, sage ich. »Sehr witzig. Wie sollen wir das denn machen? Das nächste Portal nach unten ist bei Yetinnitus, da sind wir wahrscheinlich noch unterwegs, wenn der Countdown abgelaufen ist.«

Ein breites Grinsen überzieht Stevens Gesicht.

»Das wäre die perfekte Möglichkeit, um meine neueste Erfindung zu testen«, sagt er. »Bei euch gibt es doch einen Wald, oder?«

»Ja«, antwortet Lilly. »Er grenzt direkt an die Schule.«

»Sehr gut«, sagt Steven. »Gibt es da vielleicht einen unbeobachteten Platz von der Größe eines halben Fußballfeldes?«

»Es gibt eine kleine Lichtung«, antworte ich. »Die habe ich entdeckt, als Cornibus sich bei einem unserer Spaziergänge in ein Trüffelschwein verwandelt hat und ich ihn suchen musste. Sie liegt ziemlich tief im Wald versteckt, aber ich müsste sie wiederfinden. Da kommt mit Sicherheit niemand zufällig vorbei.«

»Das klingt perfekt«, sagt Steven. »Dann geht doch am besten gleich dorthin und wartet auf mich. Wenn alles funktioniert, bin ich in ungefähr einer halben Stunde dort und hole euch ab. Nehmt bitte die …«

»STEVEN?«, unterbricht ihn die Stimme meines Vaters. »SIND DIE BEIDEN NOCH DRAN?«

»JA, CHEF!«

»SAG IHNEN, SIE SOLLEN MIR EINE WINTERJACKE MITBRINGEN! DIE DICKSTE, DIE SIE FINDEN! ICH FRIERE MIR HIER SO LANGSAM ECHT DEN HINTERN AB!«

»WIRD GEMACHT, CHEF!«, antwortet Steven und wendet sich mit genervt verdrehten Augen wieder an uns. »Ihr habt das mitgekriegt?«

»Ja«, sage ich. »Aber wo sollen wir jetzt auf die Schnelle eine Winterjacke herkriegen?«

»Das ist kein Problem«, sagt Lilly. »Mein Onkel hat einen ganzen Schrank voll alter Klamotten unten im Keller, da ist bestimmt eine Winterjacke dabei.«

»Okay, sehr gut«, sage ich. »Die Winterjacke geht klar, Steven. Aber ich habe noch nicht verstanden, wie du uns eigentlich abholen willst. Kannst du mittlerweile auch teleportieren oder wie soll das funktionieren?«

»Das werdet ihr schon sehen«, antwortet Steven, verheißungsvoll grinsend. »Ach ja, nehmt bitte die Uhr mit, damit ich euch orten kann.«

»Alles klar, nehmen wir mit«, sage ich. »Sonst noch was?«

»Nein, das war's. Dann bereite ich mal alles vor. Wir sehen uns in einer halben Stunde. Bis dann!«

»Ja, bis dann«, sage ich.

Das Display der Uhr wird schwarz.

»Sehr gut«, sagt Lilly. »Wie weit ist es bis zu der Lichtung?«

»Ungefähr eine Viertelstunde«, antworte ich.

»Okay, dann brechen wir am besten gleich auf.«

»Ja«, sage ich und zeige auf das Einhorn-T-Shirt. »Aber bestimmt nicht in diesen Klamotten.«

»Oh, stimmt, natürlich nicht«, sagt Lilly. »Danke für den Hinweis. Wenn ich damit runter in die Hölle gehe, stinken sie genauso wie deine anderen Sachen. Ich habe keine Lust, morgen im Unterricht wieder die ganze Zeit diesen Mief in der Nase zu haben, falls Papa uns doch nicht helfen kann.«

»Ich sagte es doch schon«, knurre ich. »Du wirst auf gar keinen Fall in dieser Aufmachung das Zimmer verlassen. Und mit dieser Frisur sowieso nicht.«

Ich greife mit beiden Händen in meine Haare und rubble einmal kräftig durch.

»HEY, FINGER WEG!«, motzt Lilly. »Solange ich in diesem Körper stecke, kann ich mit den Haaren machen, was ich will! Und wenn ich damit morgen in den Unterricht gehen will, dann mache ich das auch! Vielleicht rasiere ich sie auch vorher komplett ab!«

»DAS WIRST DU NICHT!«, schreie ich entsetzt auf.

»DAS WIRST DU JA DANN MORGEN SEHEN!«

»WERDE ICH NICHT!«

»WIRST DU DOCH, DU VOLLIDIOT!«

»MIESES MISTSTÜCK!«

Wir fangen wieder an, miteinander zu ringen.

»Oh Mann«, stöhnt Gustav. »Wo soll das bloß noch hinführen? Seit wir aus Frankreich zurück sind, wird es immer schlimmer mit den beiden.«

»Ja«, stimmt Aaron ihm zu. »Das muss etwas damit zu tun haben, dass sie jetzt wissen, dass sie Geschwister sind. Vorher haben sie sich eigentlich immer gut vertragen. Vertragen.«

»HEY, SCHLUSS JETZT!«, brüllt Gustav und zerrt uns auseinander. »Kloppen könnt ihr euch noch mehr als genug, wenn ihr wieder in euren eigenen Körpern steckt! Und jetzt geht es erst mal darum, genau dafür zu sorgen! Reißt euch zusammen, wir müssen los!«

Fehlkonstruktionen

»Mir ist kalt«, meckert Gustav. »Wann kommt er denn endlich?«

»Er wird schon gleich kommen«, sage ich und schaue auf die Uhr. »Er ist doch erst zehn Minuten zu spät.«

Ungefähr jedenfalls. Ich weiß nicht genau, seit wann wir schon auf dieser Lichtung stehen.

»Vielleicht hat er Probleme mit seiner Erfindung«, sagt Aaron. »Es hat sich ja so angehört, als würde er sie zum ersten Mal ausprobieren. Ausprobieren.«

»Ja«, sage ich. »Und wenn er nicht kommen kann, wird er bestimmt anrufen.«

»Bis dahin bin ich erfroren«, sagt Gustav bibbernd.

»Hier, nimm doch die Jacke solange«, sagt Lilly und gibt ihm die Winterjacke, die wir aus dem Keller ihres Onkels stibitzt haben.

Unseres Onkels, meine ich natürlich.

Gustav zieht die Jacke über.

»Oh, das ist schon viel bess...«, seufzt er wohlig auf, als ihn ein Klingelton unterbricht.

»Ist das die Uhr? Die Uhr?«, fragt Aaron.

»Nein, das ist mein Handy«, erklärt Lilly.

Sie zieht es aus der Tasche und schaut auf das Display.

»Nein!«, entfährt es ihr entsetzt. »Das darf nicht … Das kann doch nicht … DU TOTAL VERBLÖDETER VOLLIDIOT!«

Sie stapft wutentbrannt auf mich zu und hält mir das Handy vor die Nase.

»KANNST DU MIR BITTE MAL ERKLÄREN, WAS DU DIR **DABEI** GEDACHT HAST?«

Auf dem Handy ist ein Foto zu sehen. Ah ja, das ist das Bild, das Chiara beim Mittagessen von mir gemacht hat. Ich habe gerade alle Teller der anderen vor mir stehen und beide Hände voll Essen, weil es kein Besteck mehr gab. Oh, das ist echt super geworden! Da schlürfe ich gerade zehn Nudeln auf einmal vom Teller, das war bestimmt Schulrekord. Und ich habe es trotzdem geschafft, in die Kamera zu lächeln, das muss mir erst mal einer nachmachen.

Unter dem Foto steht: Achtung, Läusefütterung! Kapier ich nicht. Wo sind denn da Läuse? Außerdem war das so nicht abgemacht.

»Sie hat gesagt, das Foto wäre für die Schülerzeitung!«, sage ich abwehrend. »Das käme sogar ganz vorne auf die erste Seite! Weil du so hübsch darauf aussiehst! Ich dachte, darüber freust du dich bestimmt! Guck mal, wie nett du da lächelst!«

»ICH LÄCHLE NICHT NETT!«, schreit Lilly mich an. »ICH SEHE AUS WIE EINE WAHNSINNIGE, DIE IHRE EIGENEN GEDÄRME FRISST!«

»Echt? Cool! Zeig mal!«, sagt Gustav.

Ein einziger Blick von Lilly lässt ihn zwei Köpfe kleiner werden und drei Schritte zurücktreten.

»ICH KANN MICH NIE WIEDER IN DER SCHULE BLICKEN LASSEN!«, zetert Lilly weiter. »UND ALLES NUR, WEIL DU SO VERDAMMT NAIV BIST! UND BESCHEUERT!«

»SIE HAT MICH REINGELEGT!«, erwidere ich. »DAS KONNTE ICH DOCH NICHT AHNEN!«

»DOCH, KONNTEST DU! ICH HAB DICH TAUSENDMAL VOR IHR GEWARNT! ABER DU HÖRST

JA NIE ZU! GIBT ES DAFÜR EIGENTLICH AUCH EINE ABTEILUNG IN DER HÖLLE? FÜR LEUTE, DIE NIE ZUHÖREN?«

Ja, gibt es. Abteilung 64, da sitzen die Nicht-Zuhörer. Denen wird gesagt, dass sie die Hölle sofort verlassen dürfen, wenn sie einen sehr langen Satz wiederholen, den ihnen ein Dämon vorsagt – was unmöglich ist, weil dieser Dämon nuschelt, lispelt und ständig die Worte verdreht.

»WAR'S DAS JETZT WENIGSTENS?«, zetert Lilly weiter. »ODER KOMMEN DA NOCH MEHR FOTOS?«

»Nein, das war's«, sage ich. »Mehr Fotos hat sie nicht von mir gemacht.«

»DAS WILL ICH SCHWER HOFFEN! SONST KANNST DU DICH SCHON MAL AUF DAS GRÖSSTE DONNERWETTER VORBEREITEN, DAS ES …«

Plötzlich fängt es tatsächlich an zu donnern. Zuerst nur ganz leise, dann wird es stetig lauter.

»Was ist das?«, fragt Gustav und blickt dabei in den Himmel. »Es ist kein einziges Wölkchen zu sehen.«

»Das kommt auch nicht von oben«, stellt Aaron fest und zeigt auf den Boden. »Es kommt von dort. Von dort.«

Tatsache. Das Grollen kommt aus der Erde, der Boden fängt an, leicht zu beben. Es wird immer lauter, bis die Erde unter uns sogar aufbricht.

»Achtung!«, ruft Gustav und springt ein paar Schritte rückwärts.

Wir folgen ihm und sehen, wie sich ein dicker Bohrer langsam aus dem Waldboden nach oben schraubt. An dem Bohrer hängt noch etwas dran, es sieht aus wie ein riesiges Ei mit Fenstern, das aus dem Boden kriecht. Plötzlich fahren metallische Beine aus der Unterseite, zuerst vorne, dann hinten. Das Ei richtet sich auf, das Donnern verstummt. Am vorderen Fenster bewegt sich etwas, eine Art Scheibenwischer fährt hin und her und entfernt den Dreck von den Scheiben.

»Das ist Steven!«, sage ich, als ich eine Gestalt hinter der Scheibe erkennen kann.

An der Seite öffnet sich eine Klappe, Stevens Kopf schiebt sich nach draußen.

»Sorry für die Verspätung«, sagt er grinsend.

»Ich habe mich unterwegs zweimal verbohrt, das Navigationssystem ist noch nicht ganz ausgefeilt.«

Er krabbelt aus dem Ei, wir umarmen ihn zur Begrüßung.

»Na«, sagt er und zeigt stolz auf sein seltsames Gefährt. »Was haltet ihr von meinem Untererdboot? Es hat noch ein paar Kinderkrankheiten, die Scheibenwischer funktionieren nur bei Stillstand und am perfekten Aufstiegswinkel muss ich noch arbeiten, aber ansonsten bin ich schon sehr zufrieden. Natürlich ist es rein elektrisch betrieben und somit absolut umweltfreundlich.«

»Wahnsinn!«, staunt Gustav. »Das hast du ganz allein gebaut?«

Steven nickt stolz.

»Eine technische Meisterleistung«, sagt Aaron anerkennend. »Ich finde nur den Namen etwas sperrig. Sperrig.«

»Ja, damit bin ich auch noch nicht zufrieden«, sagt Steven. »Untererdboot, das geht nicht so leicht von der Zunge. Hast du eine bessere Idee?«

»Hm, mal überlegen«, sagt Aaron nachdenklich. »Wie wäre es mit Ei-Boot? Ei-Boot?«

»Ei-Boot! Ja, das klingt super!«, sagt Steven begeistert. »Das gibt die Form wieder und hört sich modern an! Darf ich es so nennen? Ich meine, das war ja jetzt deine Idee, die Namensrechte liegen also bei dir.«

»Es wäre mir eine große Ehre«, sagt Aaron und wird leicht rot dabei. »Und vielleicht darf ich es irgendwann einmal selbst ausprobieren? Ausprobieren?«

»Na klar!«, antwortet Steven. »Ich würde dich sogar jetzt gleich fahren lassen, aber das Ei-Boot hat leider nur für drei Leute Platz.«

»Das heißt, wir können gar nicht mit nach unten?«, fragt Gustav.

»Nein, tut mir leid, das geht leider nicht«, sagt Steven.

»Oh, schade«, seufzt Aaron enttäuscht. »Darauf hatte ich mich jetzt richtig gefreut. Gefreut.«

»Ahorn nicht traurig«, sagt Cornibus, der als Eichhörnchen auf seiner Schulter sitzt. »Cornibus kommt wieder. Dann feuern mit Schlotzolade.«

»Feiern«, verbessere ich ihn. »Das heißt feiern. Und so lang werden wir nicht weg sein, dass unsere Rückkehr gefeiert werden muss.«

»Trotzdem Schlotzolade?«

»Ich besorg dir gleich welche«, sagt Aaron lachend. »Sollen wir dann hier auf euch warten? Warten?«

»Nein, es ist ja nicht nötig, dass ihr euch hier einen abfriert«, sagt Lilly. »Geht schnell zurück ins Warme. Wir sagen euch Bescheid, sobald wir zurück sind.«

»Ein sehr guter Plan«, sagt Gustav bibbernd. »Dann